当代作家精品·散文卷

主　编　　凌　翔

梨园小憩

范金华 / 著

文化发展出版社
Cultural Development Press

图书在版编目（CIP）数据

梨园小憩 / 范金华著 . — 北京：文化发展出版社，2021.5

ISBN 978-7-5142-3367-4

Ⅰ . ①梨… Ⅱ . ①范… Ⅲ . ①散文集－中国－当代 Ⅳ . ① I267

中国版本图书馆 CIP 数据核字（2021）第 045936 号

梨园小憩

范金华　著

责任编辑：司　璐

出版发行：文化发展出版社（北京市翠微路 2 号　邮编：100036）

网　　址：www.wenhuafazhan.com

经　　销：各地新华书店

印　　刷：三河市金元印装有限公司

开　　本：710mm × 1000mm　1/16

字　　数：178 千字

印　　张：12.75

版　　次：2021 年 6 月第 1 版　　2021 年 6 月第 1 次印刷

定　　价：55.00 元

I S B N：978-7-5142-3367-4

目　录

第一辑　乡音·亲情

第二辑　乡情·水韵

第三辑　乡愁·往事

后记　报道·评论

第一辑　乡音·亲情

母亲的油纸伞

临近春节，文化部门和我住的那个小区的居委会，联合搞了个“迎新春油纸伞民俗文化风情展”。原本稀稀松松的街道上，骤然热闹起来；满大街造型各异、五颜六色的伞，既梦幻、浪漫，又夺目耀眼。

伞，这个原本只用于遮阳挡雨的工具，如今被赋予了文化和艺术的内涵。

不论有多少伞，不论那些伞有多么乖巧，多么鲜艳夺目，在我的记忆里，只有两把伞。

二十世纪六十年代初，我刚记事，家中的三间草屋里，除了母亲陪嫁的两个箱子，就是正中间的一张供桌和供桌后面墙上正中间贴的一幅画像。画像上，一个高大的男子，身着长衫，右手夹着一把伞，目视远方。没有小伙伴玩的时候，我就看着他，问母亲：“他是谁？”

母亲说：“我也不知道，你大来家问他。”

父亲在外工作，偶尔来家一次，我有点怕。

上小学以后，才知道那是“毛主席去安源”。

母亲的那把伞，看样子没有毛主席的那把伞大，但母亲的伞很小巧，是红色的。不论是阴雨天还是晴天，从来没看到母亲用它遮过阳挡过雨，只是在夏天，经常看到母亲会拿出来晒。那伞上有些图案，画的是一朵牡丹花和一龙一凤。

母亲在晒伞的时候，用湿布擦伞上的霉点，小心翼翼地，生怕把伞擦坏了。擦好后，一会放在堂屋门东旁，一会儿又放到门西旁，像是怕风刮跑了，又像是怕被人偷了。

那是我上小学三年级时的一个夏天。那天，树梢是静止的，天上的云彩是静止的，就连平时一天到晚忙碌不停刨食的鸡，也戗着翅膀，张着嘴趴在树荫下喘粗气。

母亲和我也是静止的，放一张芦席，躺在堂屋里的地上纳凉。

突然，一个陌生的中年汉子，带着左邻右舍的几个男人，站在我家的门前；一个平时我叫他大爷（叔）的说，嫂子，把你家那把伞拿出来看看。

母亲没犹豫，以为都是邻居，就把收在箱子里的那把伞拿出来交给他。他们撑开伞，看了一会，那个陌生的男人说，就是这个。也没说什么，拿着伞，转身就走了。

母亲追上去，哎、哎地嚷着，想要伞。

那个陌生的男人说，没收了！

母亲像是被要了命似的，一直追到生产队的办公室。那个陌生的男人坐在办公桌后面，把伞放在桌子上，瞪眼看着母亲，拍着桌子说："知道你这把伞问题有多严重吗？这上面的龙代表什么？代表皇帝！凤凰就是皇后，牡丹是说明你想荣华富贵；你满脑子封建流毒，要好好清洗清洗！"说完，三下两下，那把伞被他扯个稀巴烂。

母亲当场就晕了过去。

我吓得号啕大哭。

几个邻居找来一张纳凉的软床，把母亲送回家。

母亲病了，父亲带着她四处求医。一个老中医说，她这是急火攻心，要用中药慢慢调理。

我不明白，一把伞至于把母亲气得一病不起吗？

母亲吃了几副中药，父亲又给她做了一些思想上的疏导，病情有些好转。

我记得，可能是父亲给母亲讲的那个故事起了一定的作用。

那是夏天一个月明星稀的夜晚，父亲带着我和母亲在院子里纳凉，父亲边给母亲摇芭蕉扇边说，我给你娘儿俩讲个故事：古时候，有个地主家的小姐爱伞如命，人家小姐做女红，不是绣花鞋就是做香包什么的，她只做伞，整个闺房，挂满花花绿绿、大大小小的伞。出了家门，雨天打伞，晴天也打伞；夏天打伞，冬天也打伞。一天，丫鬟不小心碰倒了油灯，点着了针线筐，小姐的闺房被一把火烧个精光。看着满屋子心爱的伞化为灰烬，小姐心痛得一病不起，茶饭不思。老地主派伙计求遍当地所有名医也不见好转。就在小姐病入膏肓，一家人哭哭啼啼之时，门前来了个化缘的老道人，问明缘由，叫家人拿来一个碗，从他的葫芦里到出半碗水，叫给小姐喝下，然后从怀里掏出一把精致的小红伞叫交给小姐。小姐上午服下水，下午就能下床吃饭了。第二天是个大晴天，小姐来到院子里，先是呆呆地望着手中的那把小红伞，看着看着就慢慢撑开了；一阵微风袭来，小姐和伞慢慢地向天空上升，一会就看不到了。一家人惊呆了。夜里，她的母亲梦见女儿走到面前说，妈，我已经到月宫做了王母娘娘的执伞侍女，您老不用担心。媳妇，你可不能去做王母娘娘的侍女，那我和儿子怎么过呀，就是去了，你也得跟王母娘娘请假，回来给我生个小仙女。

听完父亲的故事，母亲仇怨的脸上露出了笑容。

母亲好了以后，我问她：妈，那伞真的很值钱吗？

你知道什么呀？！母亲说：那是你姥爷挑了两笆斗小麦，跑了二十多里路到县城卖了给我买的伞。回来的路上，你姥爷不小心把腿跌断了，卧床半年。

姥爷家住在大运河边上。解放前家里有条船，姥爷常年在外跟帮跑船，是个走南闯北、见过世面的人。

苏北风俗，女儿出嫁没有用伞做陪嫁的，姥爷也许是独一家。

伞作为陪嫁，是客家人的风俗。既然客居他地，就得时常准备迁移，所以要有伞来遮风挡雨。因此，客家有女出嫁，必有伞，以示身处客地，不忘父母，经得风雨。伞作为陪嫁品，还是吉祥如意的象征；伞张开是个满满的圆，寓意有情人终成眷属，婚姻圆满。繁体“傘”字，由五个人组成，一个大人下面四个小人，也是寄予“多子多孙，人丁兴旺”之意。

随着年龄的增长和对伞的关注，我对伞有了进一步的认知。

伞，这个纸（布）糊的遮阳挡雨的工具，随着人类的进步，不仅被赋予了感情的温度和文化的厚度，甚至也蕴含着人情世故。

当许仙把他的油纸伞撑上了白娘子头顶的空间，一曲动天地，泣鬼神、传千古的爱情故事由此演绎至今。许仙，没权没钱没家产的一个穷光蛋，白娘子看重的，是他油纸伞下的一腔温情与怜爱。

在家乡，如果两家之间闹矛盾，一家被另一家欺负，经过打官司，有理的一家输了，没有理的那一家反而占了上风，人家就会说：“某某家有某某那把‘大红伞’罩着。”这里说的“大红伞”，指的是有权势的人。

姥爷既然是个“走南闯北，见过世面的人”，我想，他用一把精致的大红油纸伞给母亲陪嫁，绝不是仅用于给女儿遮风挡雨的。他期待女儿到婆家也能得到“大红伞”的照应，也期待女儿的后代能成龙化风、荣华富贵。

母亲到老也没有得到过“大红伞”的照应。倒是母亲变成了姥爷送给父亲的一把“大红伞”。

由于父亲在外工作，是母亲起早贪黑、风里雨里、严寒酷暑、饥一顿饱一顿地抚养我们兄弟姊妹六个长大，成家立业，有了自己的儿孙之乐，幸福之家。

母亲老了。逢年过节，兄弟姊妹相聚的时候，我有时会给他们讲母亲和伞的故事，逗母亲乐。看着儿女们带着家孙外孙和重孙三十多口欢聚一堂，母亲就自豪地说："还是你姥爷厉害，他把我当成伞送给了你大，撑起了你们范家的这片天，我没有辜负他。"

是的，在一个家里，母亲就是儿女们最好的"大红伞"。

（原载《北京文学》2019年第6期）

父亲的梦想

过去，父亲每次说到未来，母亲就说：“别听他说梦话，想洋(煤)油点灯都没有、还楼上楼下电灯电话，都饿死人了，还鱼米之(香)乡呢”。父亲说：“中国几千年，哪朝哪代的农村、农民，过过今天这样的好日子！”

这世上我最崇拜的人是我的父亲。

不是因为他是我父亲，也不是因为他十三岁就给游击队送情报打日本鬼子，更不是因为他二十多岁就得了个省公安厅二等功的大奖。是因为他在我儿时的印象中是个大寓言家——他在六十年代我刚记事时给我们说的那些“梦话”，现在都实现了。

父亲是一个地地道道的苦孩子。六岁时他的父亲，我的爷爷就去世了。八岁时我奶奶也因病走了，留下他和三岁的弟弟无依无靠，不得不靠寻百家饭度日子。一九四三年他十三岁，那年村上不知什么时候来了一个教书先生。那个教书先生看我父亲长得很机灵，就经常叫我父亲去给他办一些事。有一次，他交给我父亲一个油瓶，叫我父亲到集上的一个小店里给他打油。开始两次我父亲说他没在意，后来发现，教书先生不仅每次都叫他到那个店里打油，而且那油瓶上的纸塞子每次都被那个店老板给换了。这事教书先生不说，我父亲也不问，一直到那个教书先生介绍他参加解放军时他才知道：那个教书先生和那个小店的老板都是共产党员，是专为上级搞情报的。他每次拎着的那个油瓶上的纸塞子里面写的，就是离老家几里外集镇上那一个排的日本鬼子活动情况的暗语。

在父亲给我讲他的所有苦难经历和当兵打仗的惊险故事中，至今我印象最深也最清晰的，就是在一九六三年左右他说的那些在母亲看来是"梦话"的事。那时我四五岁，父亲在县里的一个水库上工作，偶尔回家一次，总有一些邻居去跟他说说话。当时说得最多的，我记得不是哪家谁因缺粮人饿得得了浮肿病，就是哪个村子上又饿死了人。我记得，我们那个村子上当时也是十家有八九家吃了上顿没下顿。同龄的孩子们经常因没饭吃饿得学都不能去上。我们家因父亲在水库上工作，虽拿不到工资，但那点抵工资的水利粮，母亲也不敢大意让我们如愿地吃饱肚子，紧紧巴巴总算将就度过了那几年灾荒。那时全国上下都在度灾荒，毛主席他老人家号召全国人民"忙时吃干的，闲时吃稀的"，为此他老人家带头不吃肉。那些去我家的邻居们和我父亲讨论的话题，不是打听哪儿收成好准备去讨饭，就是想带着老婆孩子去投亲奔友找吃的度命。父亲边帮他们想办法边开导他们。

"相信毛主席他老人家会有办法的，共产党带领人民打天下就是为了过上好日子，眼下这点天灾是暂时的，将来共产党天下的老百姓，那准是楼上楼下电灯电话，鱼米之(香)乡的日子"。父亲每次说到这些，母亲就说："别听他说梦话，想洋(煤)油点灯都没有，还楼上楼下电灯电话，都饿死人了，还鱼米之(香)乡呢。"父亲说："你别不信，从抗日战争到解放战争，再到人民公社，共产党想干什么干不成？这楼上楼下电灯电话，鱼米之(香)乡是早晚的事，只要度过这眼前灾荒，大家都能过上好日子。"那时我还小，不知道楼上楼下电灯电话为何物，至于鱼米之(香)乡，每年只有到大年三十才能等到一顿。

我第一次看到电灯电话是一九七三年。当时县里要在靠近骆马湖和京杭大运河边的一个叫皂河公社的地方建一个电灌站，抽那儿的水给县城以西的几个公社搞旱改水，栽水稻。父亲被从县水库调到了那个电灌站工地参与筹建工作。我在他的办公室里看到了他说的电灯电话。不过那电话是手摇的。到一九七四年实现旱改水之后，我们那个"春天一片白茫茫，夏天一片水汪汪"，种一葫芦收一瓢，庄稼地里，兔子翻跟斗都能看到屁眼的盐碱地里长出了大米，亩产粮食从原来小麦二三百斤逐渐增长到现在亩产水稻、小麦近两千斤，我们真就过上了鱼米之(香)乡的日子。现在，我们不仅享受着这鱼米之(香)乡的生活，不说原来那些草房早已被红砖红瓦取代了，村上那些跑运输、办养鸡场、办粮食加工厂、外出经商和打工的，如今都在争着拆瓦房起楼房。一九八五年家家亮起了电灯，二〇〇〇年电话线进村(组)。现在，我们那个村里基本上家家都装上了电话。有两家去年还买了小车"桑塔纳"，跑在村里新铺的水泥路上，跟贼似的，刷，就过去了。父亲老了，蹲在路边看着直笑，"乖乖，慢点，注意安全"。

父亲是解放战争时入的党，也是在部队里学习识的字。退休后，从生产队有了报纸，他就成了队长家的常客。看到报上有对农村农民好的政策，他就读给村上人听。中央免了农业税的那张报纸，他逢人就拿出来讲："看看，中国几千年，那个朝代老百姓种地不纳粮？只有咱共产党能做到，现在不仅不要你纳粮，每种一亩地国家还补你几十块钱。"等大家听得高兴劲上来了，他常挂在嘴边的那句"听共产党的没错，共产党心里时刻都想着咱老百姓"的老话就出来了。为此他原来在村上被大家公尊为"老革命"的称呼，后来就被改成了"共产党"这个尊称。在他今年八月去世前，只要大伙见到他就笑着说："共产党，又看到什么好的新闻没有？"说句心里话，叫父亲"共产党"这个尊称，大家乐意喊，我也很爱听。

(原载2013年10月23日天津《渤海早报》。获2006年12月人民网、新华网、国际在线、中国日报网、央视国际网络、中青网、中国经济网、新浪网、搜狐网联合征文"我的中国梦"大赛优秀奖)

仁叔家的故事

没事时，我喜欢听朋友述说。倾听，是一种享受，一种尊重，一种抚慰，也是一种学习的方式。一次，与武平在一起对酌，他聊的一个故事，也许是我今生难忘的一个故事。

武平说：在农村的老家，有两个人我心里时刻放不下：一个是母亲，一个是仁叔。母亲自不必说，仁叔与我的忘年交，倒是不能不说的。那是因为他的人格、人品和那份坚定的信仰，一直在教育我、感动我、激励着我。

仁叔与我既不同族，也非亲非故，只是普通的邻居。但这份邻里感情，对我来说，它有时超越了亲情。仁叔大我二十岁，不过我们倒没有代沟之感，说话很随便，也很掏心窝子。他有时给我说的话，同我爸和他的胞兄弟都不说。比如：他从朝鲜战场回来那天晚上，他家仁婶抱着他那只被美国飞机炸飞了的残臂茬儿在被窝里哭，你知道他在干啥，除我，我们那个村上的人没有知道的。他说："你婶子越哭越伤心，我越想越恨，都是这龟孙子美国佬造的罪！我想，我不能哭，我不能在战场上打那些狗日的了，我能造'枪'把儿，等我儿子长大了打那些狗日的！"想到这，他一翻身，趴在了我婶子身上。还有，文化大革命时，他把抗日期间在部队时夜里饿得睡不着觉，到老百姓的地里偷扒山芋吃的事说给我。他还说，他这辈子算是跟定共产党了。为啥，共产党一心就想着老百姓。从打小日本到打老蒋，再到抗美援朝，嗨，神了！想干啥就能干成啥。在部队时，一歇下来，排长就给我们讲，等全国解放了要建设社会主义、共产主义；住“楼上楼下、电灯电话，过鱼米之（香）乡的日子”。那时谁懂啥啊，我们就“哈哈”傻笑。有人还说：“排长，这不是做梦吧。”你看，还是我们的老排长有远见，现在咱中国的老百姓这日子过得，还真跟做梦似的——别说楼上楼下电灯电话，鱼米之（香）乡，小汽车也不稀罕。

说到我婶子，她是仁叔家的童养媳。仁叔 16 岁那年，我们村上来了一个连的八路军，要在我们村休整几天。那时兵荒马乱，能吃饱肚子的人家不多。那些八路军，不仅不动老百姓家的粮草，还给老百姓做事。仁叔他爹生了两个儿子，又收养了山东一对夫妇偷偷丢在他家门口的一个女儿。日子是熬一天是一天。听说八路军是共产党的队伍，打土豪分田地，专为穷人谋利益，队伍上有不少兵的年龄跟他差不多。几天下来，他们成了好朋友。回家就缠着他爹要当兵，他爹虽说心里不情愿，看着两个比他还小，面黄肌瘦的孩子，为了能省一口，还是同意他去了。

全国解放后，他本想复员回家分几亩地照顾父母。上面一道命令：到徐州休整，准备抗美援朝。

团长问他：伍仁，徐州到你家有多远？百儿八十里吧。团长给他找来一匹马：回家看看父母吧，明天归队。这一去还不知能不能回来呢。

中午到家。一匹高头大马拴在门口的树上。听说伍仁回来了，还骑回一匹高头大马！“乖乖，能骑马回来，指定是个团长以上的大官！”全村老少无一缺席，把个伍家挤得里三层外三层。等冷静下来，他爹问：在家几天？明天归队。再听说还要去朝鲜打仗，他爹的脸“唰”就冷下来了。啪嗒啪嗒抽了几口闷烟：“老二，上街去弄几个菜，打二斤酒，晚上给你哥圆房。”仁叔一听就急了，“大，你这不是坑英子吗？！”“你不圆就不坑她啦？你问她。”

英子不是别人，就是那个偷偷丢在他家门口被他爹养大的“女儿”。25岁了。英子和仁叔同岁，要不是仁叔去当兵，他们的孩子就半大小子了。仁叔去当兵后，他爹几次同英子商量要把她嫁了，她死活不同意：“他要是有个三长两短，我就给您和妈做养老闺女。”

仁叔在朝鲜战场被分在高射机枪连，守卫一条补给线上的大桥。他那个连，一年击毁、击落敌机10多架。仁叔和他的搭档击毁一架，击落一架，为此立了一等功。那天敌机来了，他叫战友把机枪架在他的肩上，他两手把着枪脚对敌机打。那个美国佬对着他们就飞来了，两梭子弹，正中他的左臂；只有一块皮连着。他一咬牙，把膀子拽掉了，继续打。他说等他躺在医院病床上醒来，他没想别的，只想着圆房那晚上的那一“炮”打得准不准，要能打出个儿子来就好了。等他长大了，一定要他学开飞机，专打美国佬的这些“鸟”。除此之外没想别的，做梦都在想。

等仁叔从朝鲜战场回来，他的头一个儿子已经能学步了。他给他取了个名字叫“援朝，伍援朝”。接下来两年又生了两个儿子，“抗美、胜利”。仁叔乐得，“老美要不死心，我这三个儿子就是三杆枪，三台炮，三架飞机，保准打他个狗日的屁滚尿流！”

还没等仁叔高兴得合上嘴，他的三个儿子一天一天长大了；吃食堂、三年自然灾害，苦日子一个接着一个，小树苗一样的嫩崽子，成天面黄肌瘦的，仁叔看着眼泪往肚里流。做梦都想着排长说的住“楼上楼下、电灯电话，过鱼米之（香）乡的日子”，不会真的只能是做梦吧？别“鱼米之（香）乡”了，能吃一顿饱饭就算是做好梦了，他的大儿子说。

最困难那几年，仁叔那时虽然有地方政府按月发的二十斤“残废补贴”粮，但他从没有自家吃独食，村上谁家揭不开锅了，他给点儿；谁家老人饿得了浮肿病，他补点儿。因他的救济，我们那个村子平安地度过了那几年灾荒。

仁叔在我们那个村上很有威望。他是抗日战争时入的党。他的一言一行，都和党的政策保持一致。在我们那个村里，从村干部到小组长都很尊重他，因此，在我们那个村里就没有对群众乱收费、乱摊派的事，更没有上访的。

仁叔的三个儿子，只有老三高中毕业，当过兵。这老三也是仁叔最满意的一个儿子。仁叔本想三个儿子都要入党，都要当兵。可是老大“色盲眼”，老二“肝偏大”。虽说三个儿子都没有考上大学当过官，但都很仁义、诚实，这都是仁叔调教有方。他说，不成才可以，但必须成人，知老知少；不坑蒙拐骗，不做损人利己的缺德事。

仁叔家的老三和我同岁，退伍回来当了几年生产队长，土地承包后，他先是骑着自行车四里八乡收破烂，后来又办了个草鸡养殖场，养鸡卖蛋。现在建了个几万平方的肉鸡场，在仁叔的监督下，弟兄仨搞了个股份制，一年纯利润在上百万，是远近有名的“土财主”。听说去年由仁叔做主，拿了八十多万元，把村里的土路全铺成了水泥路。

近八十岁的仁叔，今年被他家的老三封了个官——老班长。这要从他家的生育现状说起。仁叔他爹生他弟兄俩，没生女的；仁叔生三个儿子，他老二生俩儿子，都没闺女；接下来这几个小弟兄，一个个造出来的都是带“把”的。仅仁叔就三个儿子、三个孙子，加他一个老“把”头，一个名副其实的老班长。

在仁叔的三个孙子里，老大的儿子明理最聪明。用仁叔的话说，“有我的遗传”。那孩子长相、性格、脾气还真有点像他。三四岁时仁叔就说他有出息。为此，仁叔规定我每个星期都要回家，教明理背唐诗、练毛笔字。这孩子是个神童，背过的诗，学过的字，一个不丢，一个不忘。他爷爷给他讲打鬼子、抗美援朝的故事他最爱听。五岁时，春节晚上放炮仗，他叠了一只纸飞机，然后浇上他爹打火机用的汽油，用线拴在天地响爆竹上，爆竹窜到天上爆炸，纸飞机也就着火了。他就拍手叫好：“美国鬼子的飞机爆炸喽！”从小学到高中，那都是学校的前三名。高考时，老师做工作叫他报北大、清华，怎么说他都不干，一定要报北航或南航，说不学开飞机也要造飞机，为爷爷报“一臂”之仇。

北航毕业后，又考取了北大研究生，专攻机械动力。现在在沈飞工作，听说是技术核心组成员。他的那张和歼 -15 的合影寄回家，他爷爷奉若至宝，当天就叫他三儿子：“老三，快开车跟我去城里！把明理这相片给我放大，弄漂亮点！放四张，我一张，你们三家一家一张！”他那一张挂在他屋里最显眼的地方。邻居去他家，故意逗他：“老爷子，您一只胳臂没白扔在朝鲜！”“那是，我在朝鲜做梦都想的事，我儿子没指望上，我孙子干成了！看我们这飞机，多霸气！美国佬那玩意儿（全球鹰），活像个猫头鹰，懵头败脑的。”一说到这些，仁叔就眉飞色舞的，老脸笑成一朵花。

别看仁叔老了，但他的心没老，还想着“要能有个孙子会开飞机就好了”。还想着在朝鲜战场上他的那个梦。

听完武平的故事，我想起英国著名诗人阿尔弗雷德·丁尼生关于梦的名言：“梦想只要能持久，就能成为现实。我们不就是生活在梦想中的吗？”

（原载 2018 年《连云港文学》7 月刊）

闲聊人生

小时候经常跟母亲去赶集，路上有时能看到被人用竹竿牵着走路的瞎子，有时能看到拄着拐杖走路的瘸子。我问母亲：“这瞎子瘸子不能干活，也不会苦钱，他们怎么活呀？”母亲说：“上天既然把人带到世上，就会给他一口饭吃。这瞎子有瞎子的活路，瘸子有瘸子的活路。”

母亲虽然识字不多，但她说出来的话，有时还是蛮有智慧的，这“这瞎子有瞎子的活路，瘸子有瘸子的活路”，在以后的日子里都得到了验证。

那些瘸子，有的在集市上摆了补鞋摊，有的在路边摆起了自行车的修理摊。那些瞎子，有的走村串户拆字算命，有的在集市的街边摆起了算卦摊。

我印象比较深的，在二十世纪六十年代初，那时我六七岁，经常能看到被人牵着走路的瞎子在村庄上转悠。一杆长竹竿，一头牵在前面的年轻妇人手里，一头牵在后面的瞎先生手里。妇人手里举着帆，上面写着“你若有空，聊聊人生”。瞎先生手里摇着铃铛，边走边吆喝着帆上的字：“你若有空，聊聊人生。分文不取，指点迷津。”据说，那帆上的八个字原来是："占卦算命，指点迷津"。为了不被红卫兵抓去打成"牛鬼蛇神"挨批斗，瞎先生就改了那八个字。其实村民们心里都有数，改那八个字，也就是为了蒙红卫兵。

每次望见瞎先生进村，父亲就说："拆字算卦，一肚子瞎话，那东西能信吗？！"母亲就说："你老子只信共产党的经，旁的，谁说他都不听。"父亲是一九四八年入伍参加解放战争，一九四九年入的党，一个忠实的布尔什维克唯物主义者。

有一次，瞎先生来到我家门口；父亲不在家，他便坐下来休息，要讨口水喝。母亲拿了两个木凳子，倒了两碗水。他们坐下来，只顾喝水，不说话。母亲问："可要吃点什么？"瞎先生说："谢谢大嫂，不饿。"

喝完水，又歇了一会儿，瞎先生和母亲聊起了家常。瞎先生说："大嫂今年贵庚？"母亲说："到下个月（七月）三十整。"瞎先生稍微沉默一下，说："大嫂现有两男两女吧？"母亲说："是的。"瞎先生又说："你命中是三男三女，还有一男一女不久就来。不过，你命中虽是三个儿子，实际只有两儿。"母亲听他这一说，吓得愣了半天没说话，脸变色了，手也哆嗦，眼泪在眼圈里直打转转，不知该求先生问个究竟，还是花钱破卦消灾。瞎先生说："大嫂别怕，我说的是你三个儿子中，有一个该吃官饭，不能常年侍候在你身边。"母亲听说有个儿子能吃官饭，破涕为笑，忙跑到屋里找出两毛钱塞给先生。那时候两毛钱算是大钱了，能买三斤食盐。先生说什么也不收，只撂了句话："大嫂长寿，有后福啊。"之后，摇着他的铃铛，走向他看不见的前方。

三年后，弟弟先到，妹妹接着也就来了。瞎先生说的三男三女到齐了。

也不知哪一个儿子该吃官饭，瞎先生卖了个关子走了。母亲当时也许是过于激动，就没想起来问个究竟。也许在母亲看来，哪个儿子都像吃官饭的。从此，母亲像是看到了希望，——那心思写在她的脸上。

瞎先生的家虽然离我们村不远，但我们几年也看不到他一面。

到了改革开放，经商做小买卖的人多，瞎先生的生意就火了。

听说商人特别信“命”和“运气”。比如，我们村子上一个经商的人早上出门，如果看到野兔子从眼前跑过，那一天的生意不是亏本，就是白忙；如果是看到女人在路边解小便，那一天就不出门了，因为，看到女人解小便，是“破财”的预兆。所以，经商的人经常找瞎先生“算命”。

那时瞎先生七十多岁了，身子骨看上去很硬朗。那个给他领路的年轻妇人是他的闺女。父女俩以此谋生。一年到头，除了雨雪天不出来，就这么四里八乡地转悠。到了八十年代，农村经商做买卖的人多了，加之他算的有时候还真有点靠谱，逐渐地，不是他走村串户给人算，而是上门求他“算命”的拥破门，收入听说是“日进斗金”。是否真的像人们传说的那样“神”，反正他家扒了平房盖起了两层小楼。而且是四合院。家孙外孙上大学的学费，都由他负责。

听说瞎先生念过几年私塾，很有学问。至于眼是怎么瞎了的，众说纷纭。但有一条传说可信：那就是先生念书太用功，急火攻心，把眼给蒙了。

七十年代初，文化大革命还在红红火火之中，瞎先生应该是被“扫除一切牛鬼蛇神”的对象之一。也有人提醒他要注意防止被批斗。他说：“我从不给人算命，我一个瞎子在家无聊，闲得骨头痛，没事四乡八村走走，和大伙聊天聊人生。”

“听听，有文化的人就是不一样，说出话来连苍蝇都叮不到缝。”老百姓说。

有一次，我和老师一起放学回家。瞎先生正好和他女儿坐在路边的树下休息。老师四周看看没人，就坐下来和瞎先生聊了起来：“张老师（我才知道他姓张），今天赚了几个子？”“嘿嘿。转转。闲聊。”瞎先生在和老师打哈哈。

老师说：“先生不必介意，我为人师表，不会害您，您说这求神问卦真的有灵验吗？”

隔有两分钟，瞎先生微微笑着说：“六祖曰：‘一切福田，不离方寸；从心而觅，感无不通。’一切福田离不开自己的心，能从自己的心田去找它，是没有得不到感通的。要知道，活着的人无不在求名逐利。求不求在于自己，但要看如何去求，如果诚善地去求，不但能得到道德和仁义，还可以得到功名和富贵呢。这是内外双得，是有益的求。倘使不诚善地遵循正道去求，也就是说，不从心地上去求，不从积德行善去恶上去求；费尽心机，不择手段，损人利已地追逐名利；不顾一切地过分贪求，那不仅把心里本有的德性失掉了，即便求有所成，也只是满足一时之欲，结果是内外双失，徒劳无益。”

老师听后点点头：“谢谢张老师！”

我边走边问老师：“瞎先生说的是什么意思？”

老师说：“高人，高人那！”

（原载《连云港文学》2017 年 11 月刊）

第二辑 乡情·水韵

人与湖的对话

一说起骆马湖，我的眼前就会晃过乾隆的影子，这是因为他写了那首《骆马湖》的赞美诗："洲渚江乡趣，凫鸥春水情。"看来，两百多年前的骆马湖就是旅游胜地了。

不知现在骆马湖旅游集团的掌门人，可曾读过或者进入过这首诗的意境。掌门人听说叫张绪龙，毕业于南京大学中文系。虽没谋面，便叫我对他有点"肃然起敬"的好感，因为，用这么个名校的高才生去领导骆马湖的旅游开发，还真是"拿着《论语》拜孔子，找对了人"。对于旅游来说，景点是载体，文化是灵魂。没有文化内涵的旅游景点，就像一个没有灵魂的美丽的"植物人"。

和张绪龙见面是在园博园。之前和他并不熟识。因市散文学会想搞一次骆马湖采风活动，我便委托在骆马湖旅游集团工作、市散文学会主席团成员之一的王善余同他联系，告知他我们这次采访活动的一些创意。他不仅欣然应允，接待的细节也远远出乎我的预料，——那真是无微不至！不过说心里话，这也在我的预想之中，因为，文化事，与文化人好沟通。园博园位于骆马湖畔，是为承办江苏省第七届（2011 年）园艺博览会而建。园内按中国古典园林结合现代建筑规划建造了江浙、岭南、闽台等全国各地风格的18个主题公园。园内南方的小桥流水，隽秀婉约；北方的山石园林，雄浑粗犷。婉约与粗犷，自然形成了众星拱月"内湖连外湖，园在水上、水在园中"的优美景观。

骆马湖是宿迁人的后花园，如何开发好，打扮好，保护好这个后花园，历来是宿迁人民的一个心愿。这个心愿，如今成了江苏骆马湖旅游集团的重担。"要想开发好建设好这个后花园，硬件要过硬，软件不能软。硬件是旅游景点的开发建设，软件是对骆马湖文化底蕴和文化内涵的挖掘。有时候，我会一个人站在湖边，静静地看着湖面：水中一个我，岸上一个我。水中的我，要喝甘甜洁净的水，岸上的我，要呼吸新鲜的空气，因此，开发与保护，成了一对并行的课题。"张绪龙说。

他这么一说，让我确认了开始我对他的"肃然起敬"没有错：他，不是一个只注重"高、大、上"形象工程的过客。

行走在湖边，他会边走边凝视着湖水。到骆马湖工作快十年了，他的心已与湖连在了一起，能感到湖水深处的宁静和湖的脉动。"江河湖泊，山水草木，世间万物都是有生命有灵性的，如果你对她有了感情，你就能感觉到她的气息；你的气息与她的气息相通，你就能感受到她对你的无私奉献和生命的依恋。

通过与湖的"对话"，他对湖有了更深层次的理解和感知。

骆马湖有深厚的文化底蕴，有太多的人文故事。这些丰富多彩的人文故事，是骆马湖生生不息的灵魂，是骆马湖取之不尽、用之不竭的财富和资源。如何讲好骆马湖的故事，使之讲遍全中国，讲遍全世界，让更多的人像知道西湖一样，了解骆马湖，喜欢骆马湖，他日里夜里都在苦苦地构思。

经过精心构思和策划，2017年4月，中国长三角旅游业联合会成立大会在骆马湖召开。长三角旅游业23家常务理事单位，140家旅行社负责人，20家环骆马湖旅游开发产业联盟，近30家国家、省市级媒体集聚骆马湖。骆马湖，这个养在宿迁人未知的“大家闺秀”。

第一次以“宿迁有女初长成”的楚风汉韵之气质，与世人见面。

这只是“初展英姿”，接下来，还有更多的、更精彩的，有关骆马湖的故事。

看着张绪龙那踌躇满志中藏着自信的表情，我像在读一首诗，一首人与湖对话的诗。

（原载 2017 年 5 月 26 日《宿迁日报》副刊 B4 版）

风情运河湾

从通州到宿迁，运河拐了多少道湾，有知道的吗？

“千里运河，千年沧桑。京杭通衢，国脉所系；关于她的故事，岂止车载船装？”

“听说乾隆六下江南，六次都是从通州码头上的船。”

关于运河的故事，就在这个暮秋的一个早晨扯开了话题。

一个星期天的上午，几个文友邀约，说去游览“运河湾自然农园”。我说不知此园。“听说不远，就在运河东岸，二号桥边，很容易找到。”

他们说。

驱车沿运河二号桥东行。过桥后，几双眼睛几乎都集中在路北边那片茂密的园林上。车速很慢，搜寻景观。一块巨石忽然映入眼帘，上书“运河湾自然农园”。

巨石大概就是该园的南门了，别致，壮观。

“各位看它像什么？”园区管委会负责人带几个人不约而至。“像不像一头勤于劳作、甘于奉献的牛啊？”我们细细端详，还真有点像。“这就是对‘农园’二字的诠释吧。”我说。

“此园的全称是‘运河湾自然农业生态产业观光园’，以围绕传承运河文化，打造生态农业旅游、观光、休闲、农业产业开发、教育、科研生产为建园之宗旨，”这位负责人说。“至于你问为什么叫‘运河湾’农业生态园，各位都是作家、大师，自己去琢磨这个‘运河湾’的由来吧。”

他给我们卖了个“关子”，领着他的友人，走了。

对他丢下的“运河湾”这个“关子”，当然要从运河说起。

流经宿迁的这段千年古运河，是一首沧桑的歌。她流淌过项羽“力拔山兮气盖世”的悲壮，流淌过隋炀帝扬州看琼花的风流韵事，流淌过乾隆下江南，留给宿迁的那首“第一江山春好处”的赞美诗，也流淌过淮北江南——全国学大寨赶宿迁的颂歌。

据说今天的宿迁人，正在围绕京杭大运河文化打造旅游休闲之“歌”。这首歌正在宿迁的运河两岸登台盛装出演。

至于为什么叫“运河湾”，也许应该从运河拐的那个“湾”说起。

古老的京杭大运河，流到宿迁闸向南拐了个“湾”。这“湾”拐得，有点像个镰刀形的“7”字。在这“7”字形河湾的刀背和刀把拐角处，北面亦有一条千年古水“陆塘河”。陆塘河的源头在宿迁闸的上游，与大运河、骆马湖相连。在这两河之间紧靠市区的风水宝地上，宿豫人借势顺势，搞了这个农园，美其名曰：“运河湾农业生态观光园”，仅此而已。

我们边琢磨“运河湾”，边观赏风景。

进入园区，首先看到的是“三维花卉园”。园内以培育各种名贵时令花卉为主。依次是“耘园”“和园”等十多个各具特色的农艺园区，可谓名副其实的“农业观光园”。据员工反映，园区不仅景色宜人，内其高档花卉、特色农产品、旅游观光等亦有经济效益。

园内引陆塘河之水。人沿路行，水绕路转。小桥如虹，河水清清。千余种花草名木奇树，在秋风里，绿影摇曳，尽显婆娑之姿。河边垂柳摇曳的影荫下，一条条游船，静待游客。

游入此园，甚得情与景相融，境与人相恋之感。

值得注目的，是那一片湿地。湿地面积不大，约百亩，其间有两片不大的水面，像两只美丽的眼睛，在绿草花木的绰绰影荫中，躺在那里仰望蓝天白云。鸥鸟羽翔，游鱼觅食。不远处，农家小院烟囱上的袅袅炊烟如墨写画卷，在蓝天白云间勾勒出美不胜收的诗意图案。

沿着陆塘河漫步，两岸垂柳依依，花香渐浓渐远。莲荷风摆于水面，垂钓者不畏烈日之炎。生于斯长于斯的我，对陆塘河从熟悉到不认识了，——今天，她已从一个衣衫褴褛，满面沧桑的老妪，蜕变成一个风姿绰约的少妇。

边游此园，边觉心情怡然。然而也有一些遗憾：这么一个美好的园子，却不为众人所知。这美好的园景，更与园区负责人说的“把她打造成宿迁市区近百万市民休闲娱乐的后花园”之夙愿，似乎缺乏一些佳园与市民之间的互动沟通和感知。因此，这个“养在深闺人不知”的佳园，也就有点不为世人所知地冷落了……

不过我相信，随着时间的雕琢和园区美景的不断完善，她会和大运河流淌过那么多美丽的故事一样，——她的美，将会和大运河一样，凝固成时光的雕像。

（1. 本文获中国散文学会、北京作家协会、北京通州区委宣传部“首届运河金帆奖”三等奖。2. 本文摘自：《全国首届运河散文金帆奖获奖作品选·繁体的大运河》，2016 年 11 月线装书局出版；主编，王巨才、查显友）

婺江情缘

暮春的早晨，沿着被浙江金华人称作“金华外滩”的婺江边散步。淡淡的晨雾笼罩着江面，一只小渔船在挂浆机的推动下，卷起团团浪花。船像一把剪刀，不紧不慢地撕开静静的江面，撕开薄薄的雾幔。

记不得这是第几次在婺江边散步了，只要来到金华，我必到婺江边走走。不是婺江有什么绝佳的美景，也不是我对婺江有什么特殊的感情，每一次走在婺江边上，我就在想：如果说水是一个城市的生命，那么，文化就是这个城市的灵魂。

婺江是金华的生命，那么，黄宾虹、李清照、冯雪峰、施光南、艾青等这些闪烁在中国现当代文化星空的名字，就是金华的灵魂吗？

在我散步对岸的江边，就是黄宾虹公园。

黄宾虹，金华的文化名片之一。

走进黄宾虹公园，你因愁绪而紧锁的眉头，不觉会为之舒展；你因愁绪而沉重的脚步，不觉会为之轻健。因为，中国江南园林的那种玲珑剔透，古朴优雅的韵致向你扑面而来。

黄宾虹公园位于婺城新老城区之间的三江口，占地一万八千平方米，三面环水。园内的亭台楼阁，山水奇石掩映于苍松翠竹之中，黄宾虹艺术馆作为主体建筑，就在公园的中心位置。其是一座融徽、浙两派建筑结构艺术于一体的传统民居式建筑。建筑面积一千二百平方米，坐北朝南，粉墙黛瓦。所有飞檐翘角的砖雕、石雕、瓦雕和壁画以及门窗的木雕装饰，将民间传统艺术与现代建筑空间巧妙地融合于一体；是一座源于传统又高于传统的艺术建筑。馆前的两块绿地，嫩绿的草尖上挂满水晶似的露珠，在初升太阳的朝晖里，映衬着那块刻有宾虹大师遗存墨迹“艺林展望”四个大字的照壁，风吹竹影婆娑，照壁像一幅灵动的画，在摇曳的竹影里五彩斑斓。

“这江浙南方的建筑风格是以轻巧与精雕细作兼实用为主，而徽派则讲究豪华与精雕细作。从这个园子的建筑结构看，是融江浙、徽派于一体的，难道这个黄宾虹是安徽人？”一位年长的游客和他的同伴边游览边议论着。

看来这两位既不是书家也不是画家，连起码的爱好也没有，否则，怎么能不知道“中国美术史上成就卓然”、潘天寿先生称其为“五百年间名世者”的大师黄宾虹呢。

公元一八六九年农历正月初一，在浙江金华经商的安徽人黄定华家中传出喜讯，人近中年的他终于当上父亲。对于这个“迟到”的长子，黄定华分外喜欢。斟酌再三，为儿子起名“懋质”，寓意勤逸和美好。

黄定华是一个“儒商”。商道之余喜欢与文人士子打交道，尤其喜欢临池弄墨。每当父亲在书房挥毫泼墨时，幼小的黄懋质总爱站在一边静静观看。父亲见他这么感兴趣，就让他握着笔学着涂抹。小懋质涂鸦时那副入神认真的样子让黄定华喜出望外，“由小看大，孺子可教”！在黄定华交往的朋友中，有位叫倪逸甫的画家，黄定华便叫五岁的懋质拜倪逸甫为师。

随着年龄的增长，小懋质的画工已有渐进。倪逸甫便让他把白纸挂在墙上，然后凝神默思，驰骋想象。等白纸上似乎有了想象中的轮廓，再运笔落墨，把胸中的意象化作具体的印迹。倪逸甫对他说：“当如做字法，笔笔分明，方不致为画匠也。”

画匠与画家，有什么区别吗？年幼的黄懋质不懂。可是，这种“用心作画”的教授方式，倒是成就了一代画师。

年龄的逐渐增长，画技的独树一帜，声名的不断远播，黄懋质在日渐苍老父亲的絮絮叨叨回忆中，知道自己的老家在安徽的一个叫潭渡村的地方。村头有一座石桥，桥的南岸原有一个闻名四里八乡的“滨虹亭”。为不忘故里，留住乡音，故而名“懋质”加别号“宾虹”。26 岁时，黄宾虹举家搬回安徽老宅。

现在，到金华市区随便逛一逛，便会发现有不少黄宾虹的印迹：市区有“宾虹广场”，古子城有“黄宾虹故居”，婺江中心岛有“黄宾虹公园”。用金华文化人的话说：“空气中都弥漫着黄宾虹的影子。”

看得出，金华人为有黄宾虹这张文化名片而骄傲！

每次到金华必去婺江边散步，其实这有一个挥之不去的“情结”，我误把婺江当“双溪”了。

第一次到金华，是因为招商。我问当地接待的朋友：“双溪在金华的什么方向，有多远？”“在火车站那边，坐公交车几站路。”他说。由于时间紧迫，我没有去寻访双溪。后来又陆续去了几次金华，忙里偷闲，我去了朋友说的“火车站那边”，结果那是一条“双溪路”。

也许是心诚则灵，在一次金华朋友接待我们的晚宴上，一个初次见面的当地朋友端起酒杯：“来，‘至今思项羽，不肯过江东’，我敬盖世英雄项羽的老家人一杯。”我的眼睛为之一亮，也许他知道“双溪”在什么地方。

饭后，我问他，“双溪在金华的什么方向”。

你去过“婺州公园”没？他问我。

去过，我说。

那儿就是双溪，他的口气很肯定。看我半信半疑，他拉我坐下来，给我讲起了双溪和李清照。

双溪就是现在的燕尾洲地段。由于婺江源头有二：一是“义乌江”，在金华的南面，二是“武义江”，在金华的北面。到了金华，两江合流就是婺江了（也有说“义乌江”叫花溪,“武义江”叫兰溪，二者合流即“双溪”）。在两江汇合处有一片三角洲，叫燕尾洲，这里，就是李清照诗词里说的“双溪”。

你找双溪，可能是因为“闻说双溪春尚好，也拟泛轻舟。只恐双溪舴艋舟，载不动许多愁”那首《武陵春》吧？那是她在金华第三年春天（一一三五年）写的。李清照十分热爱金华优美的山水和古老的文化。“双溪”即现在的婺江双溪口（婺州公园一带），也是李清照在时的旅游胜地；自古为金华十景之一。暮春的双溪景色美得令人窒息，不过她高兴不起来，她是逃难到金华来的，再好的美景，再好的春光，也抹不去她心中的“亡国之恨、飘零之苦、寡居之悲”。这从她的另一首《题八咏楼》:“千古风流八咏楼，江山留与后人愁。水通南国三千里，气压江城十四州。”更能读懂她此时此地的心情、心境。

李清照与金华是个谜。绍兴五年五月三日后，史书有关李清照的行踪便基本没有记载，也不见诗人的新作品传世。此后的身世便成为史学家、文学家为之研究争执的迷。按清代学者俞正燮的说法是“依弟居老于金华”。但是，有许多学者对这一说法提出异议，认为李清照在金华是暂时避难，等形势缓和即回杭州。然而，这同样也只是一种推测，因为金兵在绍兴四年十二月就开始撤退，直到第二年五月李清照还在金华。也有学者以史料上的零星记载证实：绍兴十九年四月至二十一年正月间，她曾两次以米芾帖求朱友仁跋而说明她生活在杭州。这也同样十分勉强，因为，杭州离金华那么近，曾经在杭州出现并不等于就定居在杭州。

不管怎么说，李清照的晚年是和金华这山、这水、这古城紧密联结在一起的。金华安顿了她年老疲惫的身心，抚慰了她深受创伤的心灵，给她悲剧的人生留下最后一抹温煦的色彩。

“李清照若地下有知，应为有你这样一位知者而感到欣慰。”我说。

婺江，养育了金华这座城市，也孕育了这座城市厚重而灿烂的历史文化。

（原载 2019 年《清明》增刊）

风情一隅戴场岛

三月之春，是刚从冬眠中醒来的少妇，懒懒的，闪着睡眼惺忪的眼睛，——很美；美得令人“欲断魂”似的沉醉。在这懒懒的，美得令人“欲断魂”的春日里，想寻一个能令我醒神的去处，又不知去往何处。朋友告诉我：你可以去戴场岛。它像一朵清丽秀美的莲花，盛开在茫茫的湖面上。在那个秀美的小岛上，除了享受静谧，还有野生的鱼虾美味，淳朴的民风乡情，让你“乐不思家”。

去戴场岛，有两条路：一是水路，二是空飞。水路有两条比较近的。一条是从三湾搭岛上渔民上岸购物的渔船，一条是从骆马湖的东岸，坐旅游景点上的快艇。从三湾到岛上大约有50多里水路，坐岛上渔民到岸边做买卖的挂桨机船，往返都不要钱。缺点是时间长，进岛出岛，都要一个小时左右。优点是既省钱，又可以自己把握时间。坐旅游景点上的快艇，大约要30分钟左右。优点是省时、刺激，缺点是往返费用80元，还有时间限制，——只能在岛上待2个小时。

戴场岛，其实不算岛，既无山石，也无溪泉。但在“离水三尺三，不是水面就是天”的烟波浩渺的湖面上，远远望去，树木林立，绿茵茵的，一片仙境似的，人们就算其为岛了。岛不大，平平无凸凹。没开发成旅游景点之前，那上面的民房，从墙脚到屋脊，基本一般般的高。从上岛的起点，绕一圈，回到起点，要不了半个小时。岛上不足百户人家，全靠养鱼为生。本本分分的人家，平平淡淡的生活。既没出过达官显贵，也没出过文化名人。二十世纪前，从无游客光顾。听说，近几年慢慢热闹了起来，有些人，有了钱，专拣那些人迹罕至，没人去过的旮旯钻，专拣那些稀罕、野生的野味尝新鲜。不怕花钱。传说，20 年前有游客上岛，一个近百岁的老婆婆问："你是从哪里来的，穿得花枝招展的，不怕挨日本鬼子看上啊？日本鬼子挨打跑了没有？"谁信？准是调侃！

1998 年我去过一次戴场岛。那是第一次。是和骆马湖乡一个领导去看岛上汛期安全的。岛上人家看起来很富有，有的人家，彩电、冰箱、太阳能热水器，城里人享受的，他们都有了。环境却让人很难受，旮旯里布满猫狗秽、鸡鸭秽；一不小心，还会踩上路边的"地雷"。但那一次，我却真真地享受了一次"湖水煮湖鲜"的美味。在岛上的支部书记家吃的中饭，清水煮的大青虾、龙虾，蘸着葱、姜、蒜，芫荽勾兑的香油、甜油、醋配的佐料，还有清蒸的鳜鱼；那叫一个鲜，恨不得连舌头都往肚里咽。我们边吃边和支部书记聊：从环境治理到旅游开发。支部书记说，还是保留这纯朴的天然的好，幸亏离城里远些，要是近了，说不定这水也被污染；开发太困难，不说这几十里的水路，就这岛上，那可要老大一笔钱。

这是 10 多年前的事了。

朋友来宿迁公干，也听说骆马湖有个戴场岛，要我陪他去玩。我们从"湖滨浴场"坐快艇，直奔湖面上西北方向的那个黑乎乎的小点儿而去。快艇与水花的撞击声，挂浆机的轰鸣声，吵得我们只能相视而笑，或欣赏远岸的美景。绕过几个大鱼塘，开快艇的小伙子玩了把漂移，靠到岸边，乐得朋友直说刺激。岛上的环境比我那次来有了很大的改变，铺上了水泥路，开了"渔家野生鱼馆"。我们绕岛转了一圈，选了一个在船上开渔家小吃的小船。船上虽然设施简陋，但朴素的渔家女，整洁的厨灶餐具，看着，反倒觉得亲切自然。

看着那些活蹦乱跳的龙虾，朋友说：“来一件！”

“会烧吗？”我问。

“城里的（烧法）俺不会，俺会水煮的。”她说。

“这水煮的怎么个吃法？”我问。

“这要看火候，”她说，“煮嫩了，有腥气，老了，肉板。还有这甜油、醋；生姜、葱、蒜，哪一样（勾）兑不好都不管。”

水煮的龙虾，不仅火候很重要，配料，才是是否真的令你“美味缠绵，流连忘返”的关键。

她干着，我看着。她先把生姜、蒜瓣分别斩碎成米粒状，再把葱、芫荽切碎。甜油好像比醋稍多一些。这些料配好后，放在一个碗里，然后滴一些香油。搅匀。

一盆红得令人馋涎欲滴的龙虾，配上那一碗葱、姜、蒜、芫荽调配成的翡翠似的佐料；啊，口水要流下来了！她拿一只给我们做示范：先揭开它的脑壳，掰下脑壳下的胸脯和两只大钳子，然后，剥下身上的红皮。嫩，白里透红的肉；色、香、味扑鼻！“这还不能吃。”她说。她用右手大拇指的甲，在肉的脊梁上轻轻一划，掰开，脊梁沟里现出一根绿色的线状的物体。“要把这肠子取出来。”她说。然后，在配料的碗里一蘸，入口。

常吃螃蟹的，说俗了；海鲜吃多了，说腻了；河豚那东西，有点肥。唯这野生龙虾湖水煮，真乃天赐美味！

“咋样，不能白吃吧？！”我说。

“妹子，有纸和笔吗？”我问渔家妹子，“戴场仙岛春色暖，龙虾堪比河豚鲜。红酥巧手花下藕，渔家小船胜宫宴。”

渔家妹子喜滋滋的，把我信口一诹的那首歪诗和那张巴掌大皱皱巴巴的纸，贴在了门上，连说“好诗好诗，回来家教俺那汉子”。

（原载2017年无锡《太湖》第4期，吾喜杂志网转载）

重读窑湾

走进青砖灰瓦的古镇窑湾，真有点梦回百年的感觉。只是，一百多年前走在这老街上，温情依依的绣花鞋、旗袍和油纸伞，被今天敲打在青石板上清脆悦耳的高跟鞋、短裙和太阳镜替代了。

再一次到窑湾，是听一个朋友说的："最近去窑湾没有？去看看吧，仿佛一百多年前的那个古镇窑湾，又回来了。"

窑湾，位与宿迁、邳州两地之间，骆马湖和京杭大运河交汇处之北岸。一百多年前的那个窑湾，可了不得，河面上帆似云海，桅杆如林；岸上商贾云集，车水马龙。不说江西、福建、河南、河北、苏州、镇江、杨州等全国十多个省市在此建立了会馆，就是世界大牌"美浮"，也在此设石油公司。那时人称窑湾"小上海"。

我虽不太了解窑湾，但我与窑湾既不陌生，也不遥远。

不陌生，是说苏北的运河两岸，尤其是从宿迁到窑湾这一段，小时候常听老一辈的唱一首叫"打蛮船"的歌。故事发生年代不详。唱的是那年"济宁州的大贱年，针穿黑豆上街卖，一粒粮食一个钱"。而当地有个武举人的妹妹叫刘瑞莲，家里有钱有粮却不开仓济民，"执意贩粮要赚钱，丈夫说啥不答应：全城人都饿死了，老天不会饿到咱。此话犯了上神怒，派个火神下了凡。金子烧成黄花水，银子烧成灰一片。万贯家财都烧尽，丈夫狠心卖瑞莲”。浙江的一个漕帮，几十条送钱送粮进京的船返回到济宁，“就因瑞莲长得俊，蛮子花了大价钱。十七八的小大姐，二十多岁的小寡妇，蛮子买了好几船”。当船开到宿迁，因“大风顶，拉不开帆，巧遇武举卖炭返回到宿迁。蛮子看到刘武举，见其面貌打寒战：秤钩鼻子鸭蛋眼，皮锤（手）一攥如酒坛”。这个人就是刘瑞莲的哥哥武举人刘凤仙。“老蛮子上前一拱手，就请武举上了船”。刘武举边喝酒边听有女子哭哭啼啼地说：“俺哥武举刘凤仙，他到湖南卖焦炭，一十二年没回还。他要知道俺受难，定会救俺把家还”。武举问老蛮子运的什么货。“我到北京送皇粮，交了钱粮把家还。返回途经济宁州，买几个女人赚点钱。我带你到船上看，任你挑，任你选，送你个女人做丫鬟。武举各船走一遍，看见妹妹刘瑞莲。武举说：俺只要那个刘瑞莲。老蛮一听不乐意：不是老哥舍不得，就凭此女赚大钱。这次买人好几船，都不值瑞莲一人钱。不管你给多少钱，她得先陪俺过三年。武举一听生了气，一个箭步下了船”。来到岸上的茶馆，找到拜把子兄弟王老三。王老三在当地人称王三愣，一听此事气得嘴发青，“当即带上徒弟三百三，团团围住蛮子船。竹竿棍棒握在手，腥风血雨开了战，解救瑞莲打蛮船。不知打倒蛮子有多少，从宿迁到窑湾，草帽捞了七八船”。不过，这首《打蛮船》现在的年轻人几乎没有会唱的了。

说不遥远，宿迁和窑湾隔河相望，只是因隔着个骆马湖和大运河而来往不太方便。一九四五年前，窑湾隶属于宿迁。

我曾去过一次窑湾。那是一九九八年的春天，我在骆马湖负责防洪清障。听当地的老乡说，窑湾的“绿豆烧”（酒）不错。

窑湾的“绿豆烧”，始产于清康熙二年（1663）。由当时皇宫后宰门守将马从凯，将宫廷保健秘方带回家乡窑湾酿酒配制而成。此酒入口浓且甜，颇受当时的文人雅士好评。我那次是因“绿豆烧”而去的。

窑湾街沿运河大堤而建，东西向，狭且长。我第一次看到的窑湾，破落而凄凉。那些年久失修的古建筑，像一群满脸皱纹，衣衫褴褛的老妪，没了一点儿昔日贵妇的神采和丰润。只有街上那条被磨得光鉴如镜、窄窄的青石板路，仿佛在昭示着昔日的繁华和热闹。

也许我去的不是时候。窑湾素有“夜猫集”之称，凌晨四五点钟，船家和农民到街上买卖交易，天一亮，船家赶路，农民回家种地。我去的时候已近中午，所以街上没有什么交易。不过，从街面上看，古建筑已破落失修不说，多数的店铺也不像是正常经营的样子，大多关门上锁。两米多宽的街道上，墙角和房檐下，猫和狗留下的污秽随处可见。只有那棵据说已有四百多年历史的老槐树周围，几家现代建筑的两层小楼下的门面，还在经营一些日杂百货副食品。

我在感受苍凉的同时，也为窑湾人感到庆幸：那些古建筑虽已破败失修，但总体保存完好，神韵尤在，颇有修复开发的潜在价值。

一百多年前的那个古镇窑湾，在苏北运河两岸，可以说同扬州、淮安、宿迁、皂河并称为运河两岸五大名镇。但窑湾的建筑风格既不同于其他四镇，也不似江南的小桥流水清灵优雅。她在保留古建筑神韵的同时而又风格各异。这与她的起源有关。

据说，清康熙八年（1669），郯城发生 8.3 级大地震，与窑湾相邻的隅头镇沉没地下，骆马湖喷沙、喷水，从此千年旱湖变成水湖。康熙十年，皇帝下旨大赦天下政治犯，未投降大清和被杀的明朝官员，到地震灾区开荒生产可免于坐牢灭族之罪，于是，全国十多个省明代的旧官员和文人，带领族人来到地震灾区窑湾。这些来自全国各地的官员和文人，厚重的文化底蕴和管理经验以及雄厚的资金，利用窑湾 S 型地势，沿运河岸建起了五华里的街道，楼堂店铺各按自己故乡的风格自成一体；同时建起了各自的会馆，工艺庄重、宏伟、豪华、典雅。一八八二年到民国前，是清政府衰落之时，也是窑湾进入商业贸易的黄金之时，全国十八个省都与窑湾有经营货物的来往。东三省的毛皮、山货和窑湾的绿豆烧酒、鸡蛋清等杂货，经窑湾远销南洋、新加坡、中国台湾、日本等地，他们又从这些地方带回海外的煤油、火柴等洋货。当时的窑湾河面上，外国的汽艇、小火轮日夜在码头来回装卸，运河岸边建起两座油库，可容十多万斤石油。世界大牌“美浮石油公司、亚细亚石油公司和五洋百货公司”等，也在窑湾设办事处。美、英、法等国家的传教士也来窑湾传教，于是，窑湾进入她的鼎盛之时。

随着陆路和航空交通的发展，窑湾，失去了她水运的优势，也失去了她的繁华。

再一次来到窑湾，是二〇一一年深秋的一个上午。还没过街北边的小河，远远就看到了那个一百多年前的“宿邳界”牌楼。走在运河大堤上，尚未进窑湾街，油漆和那古老的楠木的馨香，伴着河水拍打石岸的浪花，一起向你扑来，仿佛店小二热情地招呼久别的客人。

从街东头进入窑湾，我没有对那些斜插在店铺房檐下的各色彩旗感兴趣，也不对那些修旧如旧的古建筑感兴趣；试想，在所有古民居建筑中，有谁能和小桥流水、粉墙灰瓦、雕梁画栋、飞檐翘角的江南古镇比内涵、比风韵、比神采、比意境？我所感兴趣的是，窑湾人民真的是幸运的，十多年前还破烂不堪的那个窑湾，如今又恢复了她一百多年前的风采和神韵。

走过没几个店铺，我被门前的一个铁锚、铁索和铺子里叮当、叮当的打铁声，还有那两个赤裸着上身，背上的汗珠像豆粒似的向下滚的两个汉子给吸引住了。他们两个，一个举着大锤，一个拿着小锤和铁钳子，你一下，我一下轮番敲打着那块火红的铁饼子。那一台古老的风箱，呼、呼地吹着炉火，似乎在延续着一百多年前纤夫的号子。这个在我的视角和记忆里几乎消失的营生，只是童年的回忆了。现在它出现在我的眼前，我觉得它真的是那么的可敬而可爱。

修复一新的小镇，名胜古迹随处可见。系马槐，亦说千年古槐，距今已有一千八百多年。传说是刘备、关羽、张飞桃园结义后，兄弟三人初创业于下邳（邳州）东30里（今窑湾），关羽驻守此处时，他的战马就拴在这棵老槐树上。如今古槐同关羽的形象一样，生生不息，枝繁叶茂。苏镇扬会馆依旧是一百多年前的老样子，瓦楞上的茅草青苔，岁岁年年似曾相识，屋内粉墙上的霉块，老年斑似的在述说她逝去的青春和辉煌。

站在刚修复的吴家大院门前，我在欣赏她明式砖木结构、福建沿海建筑风格的同时，突然想起了在一篇文章中看到英国著名史学家戈登·柴尔德对城市的认识，他认为“城市的出现是人类步入文明的里程碑。对于城市建筑的探究，无疑需要以文化的脉络为背景”。城市的建筑，是一个城市发展史的影集。一个城市文化的脉络，如同父与子一脉相承。“人的生命需要相同的血脉得以延续，城市的延续，也需要其独有的‘血脉’使其永生，我们不能留给后人一个被切断的历史”。

一个没有文化脉络的城市，就像一个没有父母的弃儿。所以我再一次说：窑湾人真的是很幸运的，——那些破落的古建筑，没有被视为累赘，没有被视为政绩的障碍，没有被高楼大厦和小别墅豪宅取代，窑湾人把她做成了画卷，在这幅华丽的画卷上，窑湾的今人和后人，可以在他们前人没写完的故事上，给自己，也给他们的子孙们，续写今天明天和后天的故事。

（原载2012年1月30日《宿迁日报》）

消失的帆影

春天如期而至，褪去了运河大堤上冬的冷清。夜色下，紧靠市区的京杭大运河风光带，是一幅配乐的诗书画。

一年四季，除了太冷的严冬和雨天，每天晚上，许多岁数不等的男女老少，都喜欢来这里跳舞健身。音乐伴着矫健的舞步，绿化带里，朦胧的灯光掩映着人头的攒动。鱼米之乡的日子，抒写着诗情画意的闲情。

第一次见到大运河，大约是五六岁的时候，因外婆家住在河边，母亲经常带我来。那时我还是个懵懂的孩子，不知道这河叫“京杭大运河”，河里那些飘动的“木匣子”叫“船”，更不知道那船上竖着的“布篷”叫“帆”。

到了十多岁的时候，学校放假，我就自己去外婆家。外婆家紧靠大运河南岸。河的那边就是骆马湖。中间一道大堤隔着。和外婆家一样，她那庄子上几乎每家都有一条捕鱼的小木船。

记得我第一次到船上大约是六七岁，是小舅抱我上了他家捕鱼的小木船。他不放心，找了一根绳子，一头系在我的腰里，一头拴在船上。那是一个夏天，小舅把我拴在船上，自己去河里洗澡。也许是见我不高兴，他说：“不是我不带你下水玩，你不会游泳，万一出事我怎么见你爸你妈？”也就在那一年的暑假，小舅教我学会了游泳。为此，小舅挨了母亲一顿臭骂：“你不学好也不教他学好，不知道河里淹死会水的啊！”“会总比不会强。我不带你，你不准下水啊！”小舅给我下了一条禁令。那以后，只要小舅去洗澡，我就是他的伴。

第一次知道那船上的布篷不能叫帆，也是一个同舅舅一起在河里游泳的夏天。

“舅舅，那一条船上怎么是三个帆？”我说。“你说什么？”舅舅疑惑地望着我。“那，船上有三个帆。”我指着西边驶过来的一条船。“那是篷，不叫帆。以后不准再这么说了，船上人听见会打嘴的！”“书上画的和那一样，就叫帆。”“再说一遍，叫篷！书上能说你不能说！”舅舅发脾气了。

回家我把这事说给母亲。“书上说是帆是对的，你舅舅说是篷也是对的。”母亲对我说。我不明白。母亲看我不解的样子：“使船人是不能说帆（翻）的，说翻不就翻船了吗，不吉利，懂了吧！”原来，他们忌讳的是帆与翻的谐音。

那时候，大运河里能运货物的船上，都挂着大大小小的帆。有三个帆的船，是河里最大的船。中间的大帆有十几米高，两头的小帆各有中间的一半高。船老大根据风力、风向，决定用帆的大小、多少。若是顶风，就放下帆，在桅杆上拴上纤绳，然后根据船的载重量，请纤夫拉船前行。

我见过纤夫拉纤的样子，那是“一步一低头，纤绳入肉骨”。

纤夫多数是专业的。有时候十几个人拉一条船，一根纤绳上系着十几个纤夫，每个纤夫胸前都有一块窄且长的木板，木板两头各有一根绳子与木板系在一起，形成三角形，再用一根绳子和那根主纤绳连起来。每个人的身体都向前倾斜着，只看地，不看天，一步一叩首地向前挪去。脸上的汗珠和船头拍起的浪花，一起诉说着他们的辛苦。

那时大舅在帮人家使船，他不是纤夫，是在船上撑篙的。我想跟他到船上去玩，他说："你以为那船上好玩吗？等你长大就知道了，这世上三大苦，行船、熬卤、磨豆腐，这头一苦就是使船。"大舅帮那家使了两年船就不干了，原因是有一次掉到河里，差一点被淹死。我不知道使船到底有多苦，但每当我看到那些纤夫黝黑的皮肤、干瘦的肋骨，心里就会涌上一阵酸楚。

到我上初中时，河里的帆船没有了，取而代之的，是一个轮（机）船头，后面拖着十几条木船，蛇一样在河里来回游动。到了七十年代，水泥船又取代了木船，每条水泥船的后面都有一台"挂桨（柴油）机"推着船前进。从此，帆和纤夫成了大运河船运的历史。

现在大运河里跑的铁驳船，都在近千吨，军舰似的，独来独往。

柳芽初绽，暖风徐徐；灯影朦胧，汽笛悠悠。激扬的音乐伴着婀娜的身姿，矫健的舞步敲击在花岗岩的石板上，发出悦耳的脆响。

若说这舞步敲出的是幸福的乐谱，那纤夫的脚步曾经溅起的水花，亦是他们生命的酸楚。

机械化催生了现代文明，加快了生活的脚步，也使我们失去了那如诗如画的帆影。

（原载 2018 年 10 月《太湖》第 5 期）

在海边

从北戴河创作之家到海边，也就是十来分钟的路。在这儿的十天里，我坚持每天早晚各一次去看大海。晚饭后，沿着海滩散步。没有风的海面，海是温柔的，拍打在沙滩上的浪花，像母亲轻轻地拍着怀中的婴儿哄其入睡，节拍温柔而均匀。绵软的沙滩，温柔而有节奏的浪花。海天一色的水面。时起时落的海浪，摇着不远处的小渔船。

在海边，每天都享受着诗情画意的夜晚。

相比于晚上，我，还是比较喜欢早上的大海。每天早上 5 点钟准时起床，洗漱、穿衣，直奔大海而去。我不是去看海上日出的壮丽，也不是去看大海雄壮的潮起，我发现了一个秘密：只要早晨看了大海，我一天的心胸就向大海一样，宽阔、舒展。早上，站在海边，目不暇接，心无杂念，呆呆地望着远方的海面，心境会和前仆后继的海浪一起澎湃，心胸会和一望无际的大海一样宽广。

亲眼见到了大海，才感觉到海的可爱，她，并不像我们小时候，大人们说的“无风三尺浪”那么可怕。没有风的海面，是没有“三尺浪”的。坐在渔家的“小舢板”上，就像小时候坐在母亲为你荡起的秋千上一样，惬意、安详。

海，有了“三尺浪”，那是因为风的张狂。原本慈祥母爱的大海，在风的撩拨下“愤怒”起来，卷起的浪花，像无数的勇士，手持刀枪剑戟，一排排汹涌着前仆后继，直至风在海的“愤怒”中逃逸，海，又恢复了她宽厚和母爱的温柔。

我爱上了大海，爱她母爱的慈祥温柔，爱他父爱的雄壮宽厚。

拥抱骆马湖

每次面对大湖，总是在想：骆马湖，应该有一张属于她自己的名片。

江苏四大淡水湖之一，苏北平原的第二大淡水湖，被誉为“江苏一盆净水”的骆马湖，与洪泽湖南北相望，与古运河比肩相依，宛如明镜，镶嵌于西楚大地。

明代以前，沂水入泗，在直河口以东、泗水以北形成四小湖。明代后期，沂水受阻，被迫滞潴，使四小湖连成一片，致称骆马湖。也有传说：天宫龙马，惊吓做寿王母，其子代母受过，身陷地塌。后回归天庭，留下马脊身形，故而名喧。

骆马湖水质纯净水产丰饶。国家工程南水北调前，湖水多来自沂蒙山洪和天然雨水。常年水体清澈透明，湖滩浅水芦苇丛生，浮游生物众多，为鱼类生产提供良好生态环境。湖中鱼类多达56种，尤以银鱼、青虾、螃蟹、龙虾最佳。骆马湖银鱼，通体洁白透明如玉，形状如根根银条，肉质细嫩鲜美，有“水中白银”“水中人参”之誉。

骆马湖历史文化源远流长。秦汉时期设县，东晋称郡，唐太宗宝应元年改县名为宿迁。历史天空叱咤风云的西楚霸王项羽，就出生在距湖东南七八公里处的宿城梧桐巷，其故里扩建为项王景区。极具北方皇家气派、国家级文物保护单位敕建安澜龙王庙，坐落于骆马湖西岸的皂河古镇。清朝乾隆皇帝六次巡游江南，五次驻跸于此，故此庙又称乾隆行宫。湖中小岛戴场，四面环水，杨柳相依，民风淳朴，素有“东方小威尼斯”之称。湖东岸的马陵山上，有秦汉时期的“霸王扳倒井”、唐朝名将薛仁贵东征的“藏兵洞”、宋朝名将韩世忠屯兵抗击金兵的宋营等旧址，今有宿北大战留下的“三仙洞”等诸多遗迹。

这一切，既是环绕骆马湖的历史遗存，也丰富了骆马湖的底蕴。

历经风雨沧桑，紧随时代足印，而今骆马湖堤岸绿树垂阴，青草吐翠，花香飘逸；湖面波光潋滟，鸥鹭翔集。临湖远眺，马陵山葱郁如黛，横亘于苍茫天际；古运河一路欢歌，奔腾于富饶沃土。

物产丰饶、英雄辈出、泽润西楚的“母亲湖”，怎不该有一张属于自己的名片呢?

于是，我们想到了文学。

文学的重任是发现和书写人文之美、自然之美、社会之美和时代之美。发掘和传播骆马湖文化，是繁荣丰富宿迁本土文化的重要一章，是推进家乡经济建设，是顺应时代之呼唤，更是宿迁作家的使命。基于此,《骆马湖文学》报应运而生；诚望借此阵地，汇集美文，抒情言志，拥抱骆马湖，唱响骆马湖。

《骆马湖文学》报立足本土，面向全国，以刊发散文为主，兼及其他。诚望各位文学大家以引领和推动骆马湖文化发展为己任，以坚定的文化自信和敏锐的文化触角，潜心于宿迁文化特别是骆马湖文化的发掘与传承。

我们期待四海文朋诗友相聚骆马湖畔，用挚爱的瞳眸审视骆马湖，用激扬的文字塑造骆马湖，用精美的篇章宣传骆马湖，用热诚的情怀拥抱骆马湖!

（原载 2017 年 8 月 18 日《骆马湖文学》报创刊词）

第三辑　乡愁·往事

老街上的书店

一副眼镜，一本书，一杯咖啡，一位老者。眼镜放在桌面上，书没有打开，老者坐在那儿愣愣地发呆。从我进来他就这表情，待半个小时后，我绕了大半个书店，他还是那个姿态。

室外的气温 38℃左右，书店里大约在 26 至 27℃。这是西湖路老街新开的书店，原以为这年头书店不会有生意，不料竟人满为患的样子。放假了，书店里大多数是孩子们，有的是爷爷奶奶带着，有的是母亲带着。旮旮旯旯，能坐的地方，都是孩子。也许是书店刚开业，大家来看个新鲜？营业员悄声告诉我：每天都是这样。

偌大的书店，听不到一丝儿的杂音，即便是进进出出的脚步，也被翻书的稀稀拉拉的沙沙声净化了。那沙沙的翻书声，很像母亲养的那些蚕儿在吞食桑叶时的声音。这倒使我想起了母亲养蚕时给我说的那些话。母亲说，蚕吃的是桑叶，吐出来的是绫罗绸缎，你上学要能像蚕宝宝一样“吃书”，妈就没白吃这些苦了。

在一处不太引人注意的拐角，书店装修了一个几十平方的书吧。书吧里有几张桌子、椅子，还有咖啡、饮料、糕点等。读者可以把喜欢的书拿到这儿，免费翻阅。在凉飕飕的空调下，端上一杯咖啡，翻阅一本心爱的书，这才是实实在在的小幸福。当然，咖啡、茶食明码标价，恕不免费吃喝。新华书店能变成这样，我始料不及。

老者戴上眼镜，打开书。一会儿眉头紧锁，一会儿眉开眼笑。他是相邻小区的王老师。退休后和老伴一起过日子，儿子成家立业在深圳。前一段时间晚上散步，他还嚷嚷着要搬家，嫌市中心太吵，近来却不提搬家的事了，因为有了这个新开的新华书店为邻。我问他，刚才发呆在想什么？他说，看着这些娃娃们，想起了我们小的时候，同样是新华书店，当时只能买，不能看，更别说让你在空调下乘凉看了。

他这么一说，我倒想起来了。1978 年夏天，刚参加工作的我，第一次进城。进城的第一件事，就是去新华书店。在那里，我看到了《徐志摩诗选》，我抑制着内心的激动，急不可待地想找到那一首《沙扬娜拉》，正翻着，营业员过来了："同志，这书你买不买？""我先看看。"我说。"不行。"她说，口气很强硬，"要看请去交钱买了看，不买请放回原处。"我当时有一种被羞辱的感觉。没办法，一咬牙，买下了。

到了车站买票回家，才想起来中饭钱和车钱都给了书店。40 里地，走吧。沿着路边的树荫大步流星，虽然觉得很累，有本还散发着墨香的书做伴，心里却很快乐。

（原载 2016 年 10 月 27 日《新华日报·新潮》副刊，新闻频道 - 华龙网，汉丰网、枞阳在线等媒体转载）

老街贡酥

说心里话，当我走进那条改造过的“街道宽敞，店铺高大”的新街，它虽然比过去的老街干净、明亮、现代，但在我的心里，却依然装着老街的模样：那粉墙灰瓦里长满茅草的明清建筑；岁月磨洗，闪着清幽幽灯光的石板路；还有那沿着街头巷尾，把你从睡梦中叫醒的“梆——梆、梆、梆”，叫卖馄饨、元宵的老腔；在我的感情里，那熟悉而又温情、不着不急、不紧不慢的老腔，依然在街巷里回荡。

不论是现在的新街，还是过去的老巷，比较热闹的地方，还是那家“烧饼房”。每天晚饭前，那儿人挨着人在等烧饼。据做烧饼的师傅说，有的成箱装，上百块地买，带去上海、深圳的有，最远的到了内蒙古、新疆。一句话，凡是有从这儿走出去的人的地方，这烧饼就会连年不断地去那个方向。

说到烧饼，不说我好这一口，就是那几个背井离乡在外打拼几十年的老友，只要一回来，见面的第一顿饭第一个要求：“弄几块‘乾隆贡酥’来吃吃。”

“乾隆贡酥”就是皂河烧饼。

烧饼变成“乾隆贡酥”，据说是1757年。

那一年二月，乾隆以赈灾之名二次下江南。行至宿迁的皂河镇，率文武官员登岸祭奠“安澜龙王庙”，并在庙中用膳。因一路舟船劳顿，随觉食不甘味。皇帝胃口不好，文武官员太监们吃的也不是心情。正着急不知如何能让皇上开心用膳之时，忽一阵微风拂过，乾隆顿觉清香扑鼻，举目望去，盘中几块烧饼焦黄清亮，尤其是饼上那些密密麻麻，星星似的黄亮亮的芝麻，甚是诱人食欲。乾隆取其一块，入口既觉得香甜，又脆且酥软，顿觉胃口大开。即命太监招来做烧饼之人。问过姓名，边吃边与做烧饼的聊起了家常：“这烧饼如何做得这般香、脆、酥软？”皇帝和善，叶老汉也不怯官，遂道出烧饼的制作过程：香，是饼香、油香、芝麻香。特别是芝麻，要去掉苦且涩的皮，取其净仁才是芝麻真香；要保证脆和酥软，这与面的揉和入炉烘烤的火候有关。我这烧饼的面，一半用水和，一半用素（植物）油和，然后再把两份面合在一起，反复揉搓；利用油和水不相容的原理，揉搓一遍，面就是一个层次。一块饼坯，要反复揉搓几十次；饼坯做好后，饼心加一点糖，饼面撒上芝麻，入炉烘烤；炉火的温度要以能伸进手为好，烘烤的时间，要以饼面见黄发亮为准……

叶家烧饼，早在唐代就很有名气，那时，叶家烧饼炉内功夫已“登峰造极”，可以制作出六十多个品种的名点小吃，如“一指饼”“水磨镜”等，享誉一时。因盛名在外，叶家烧饼便被选入唐朝御膳房。后因战乱，朝代更替，叶家烧饼又重返老家。

乾隆边吃着可口的烧饼，边听着烧饼的故事，不觉龙颜大悦，遂命取来纸笔，写下“乾隆贡酥”四个大字交与叶老汉，并命叶老汉随驾回京，专做御膳宫点。

昔日的“御膳宫点”今又回了民间。每天晚上，站在“烧饼”炉旁的，有俊男靓女，也有白发苍苍牵手的儿郎。叶家烧饼，从被封为“乾隆贡酥”御厨之叶老汉，到现在已是第八代传人，“乾隆贡酥”也被列入市级非物质文化遗产保护名录。

变了的是老街，不变的是千百年来的口味。这口味，是老街上的“一缕炊烟”，既延绵不断，又令远方的游子梦寐缠绵。

（原载 2017 年 3 月 7 日《扬子晚报·繁星》副刊，2017 年 3 月 10 日《平顶山日报》，人民网—浙江频道、网易新闻、枞阳在线等网刊转载）

乡音诗境里的《布谷声声》

庚子年的春天，随着惊蛰后一声春雷的怒吼，笼罩在全国人民心头的"新冠病毒"疫云渐渐退去，宅家与大自然隔离了近两个月的我们，终于可以走出家门，走向阳光明媚，走进鸟语花香。在这个春天众多的鸟语中，我比较喜欢布谷鸟的声音，因为，居家期间，我刚读完了孙尤侠的散文集《布谷声声》。那声音（文字），那情境，便引领我走向陌上花开的小径。

《布谷声声》这本散文集的书名取自于该书的一篇同名散文《布谷声声》，文本是一篇融抒情、记事、写景于一体的散文。在《布谷声声》这篇文章里，作者用恬淡而温馨的笔触记叙了乡间有布谷鸟出现的那些童年记忆，思想激情勃发的浪花，掀起点点生活感慨，牵扯出淡淡乡情感伤和浓浓亲情眷念；这一连串的情愫通过细腻的笔触描写出来，回味出来，顿时让人咀嚼出乡居岁月的美好、童年时代的纯真、艰苦岁月里的乐观，和远离故土后的不舍；有抽丝剥茧的利索写作思维，更有干净纤细毕现的感情流露。作者由母亲想回老家摘毛豆写起，引出老家田园无人耕种荒芜和留守老人孤独的问题，从而陷入过去的回忆中。用今天的农村面貌和昔日的田园生活做对比，昔日的乡民群居热闹和今日的年轻人出走造成村庄萧条反衬出时代的变迁，和城乡接合部下的农耕社会的变化，以及农耕文明的丧失让人痛心疾首和怀念。作者对乡村原风景的原生态描写非常传神，细腻，形象生动，像一幅山水画悬在读者的脑际。这一段描写非常具有美学的审美意蕴。例如“一排排红砖红瓦的小院，悄悄地掩映在高大的柳树下面。邻家的菜园里，黄瓜一条条挂在瓜架上，似乎许久无人问津，一棵伸出院子的大桃树，遮住了半边天，上面结满黄色桃子，有的红了，有的满是虫眼，有的掉在地上。亭亭玉立的玉米在蒸腾的暑气里，还在努力地向上拔节”。在这里“伸”作为动词来运用和对桃子上有虫眼的观察，都彰显了作者生活底蕴和笔力的深厚。作者在用自己的眼睛和心灵一起参与周遭的生活环境，写出的文字有活力又真实，值得热爱写作的人借鉴。

作者接下来笔锋一转，引出天空传来布谷鸟的叫声。这久违的叫声，对于从农村走进城市生活亦乡亦城的市民来说，是那么亲切，又那么心酸。亲切是因为回忆起童年每年听到布谷鸟的叫声时，母亲就要去田里干活，祖母一个人要负责房前屋后地里的庄稼，还有一大家孩子们的吃喝。祖母对于自己的疼爱，以及听祖母讲述传说中布谷鸟的故事，这些往事都是追忆中的美好部分。而生活中的现实残酷，在那个特殊的年代，作者害怕饥荒吃不饱饭，也是心酸的理由。生活就像一面铜镜的两面，不可能每一面都照顾到你的感受。有悲欢有离合，有喜悦有忧愁才是人生完整的状态，即使在这样心酸的岁月里，作者回忆的笔触里也讲述了童年的一些趣事和快乐。例如自己和小伙伴一起打猪草的时候，一边干活一边对着天空飞过的鸟儿唱歌。

作者喜欢布谷鸟有三种理由，第一它是勤劳的象征；第二它表达了离愁别绪；第三它带着我寻根，让我在有生之年更加懂得珍惜亲情，期盼在故乡的老屋院子前与血脉乡亲聚首，畅叙人间真情。作者在谋篇布局上非常条理清晰，叙事有条不紊，夹叙夹议，抒情和描写兼而有之，同时她也很有古典文学的功底，无论是旁征博引古代的传说、民间的故事，还是古诗词文学里的经典精彩诗句，都是手到擒来，信手拈花微笑，从容自信。在阅读的过程中，能够让读者的感情跟着行文行走，也能让读者跟着她一起陶醉在世外桃源一样的古典文学之美里。

散文贵在情真。散文抒情需要力透纸背，写景必须为作者内心的感情服务，一切风景皆是人的内心感情观照。心中有佛即是佛，你心中有什么就会看到什么，表达出什么。孙尤侠一定是一个心中有爱有悲悯，相信人间自有真情在的作家，这可从读她的一系列散文《一起走着走着，就白了头》和《爱情走廊》《女儿童年趣事》《儿子童年趣事一二三》文章中可以看出。

《一起走着走着，就白了头》写的是作者与丈夫两个人从恋爱结婚到组成家庭，共度婚姻生活二十年的牵手点滴。这是一部爱情的记录碎片，从两个人踏雪回家写起，回忆起相爱相亲相扶持的一段段岁月往事，以回娘家到婆家的这一条路为记忆的线索。这一条路是两个人青春汗水的见证，是欢笑艰辛的见证，是坎坷泥泞的见证，也是夫妻恩爱、踏实无悔的见证。作者抒写自己的婚姻生活，用自己的人生婚姻经历来诠释什么是“执子之手，与子偕老”的内涵，也用自己的切身感受来告诉人们，愿岁月可回首，且以深情共白头是世间最美好的事情。

在这篇作品里，我比较喜欢文本开头那诗一般的语言：“我喜欢雪，在我心里，落雪的日子，便是故事的开始”。“三十年前，那个大雪的日子，在冰天雪地里，我俩把自己站成了美丽的童话，把彼此站成了一生的相守”。融景融情，把日子过成童话，这才是生活。人不仅要活着，更重要的是要活得精彩，活出生命的长度和厚度。

《爱情走廊》同样是借写景叙事来抒情，记叙夫妻俩一起郊游钓鱼的经过，和旅途上的所见所感。写景她说：“我想：到大堤上去看看吧！边想边绕开几棵簇拥的松树，往上走去。慢慢地觉得，脚下沙沙作响，低头看下去，地上铺满一层落叶，均匀有致，感觉这落叶就是一幅画。”化腐朽的落叶为画，便使人想起陆游的“零落成泥碾作尘，只有香如故”。写情通过记叙描写我和爱人，一对中年相依的夫妻，以及一对三轮车上的老年夫妻三对男女之间不同的相处模式来谱写人间真情的可贵，爱情的历久弥坚，和乐观健康的人生心态。

《女儿童年趣事》写女儿渴望和我交流交心做朋友和帮助大人做家务，以及与小朋友分享美食来表现女儿的可爱和懂事善良勤劳，同时字里行间洋溢着一个母亲对女儿的爱和美好期望。

《儿子童年趣事一二三》通过写儿子吃药，关心流浪狗，为一只飞来的信鸽又飞走了而难过等一系列小事来表现儿子的稚子纯真，心地善良和惹人喜爱。这两篇写儿女的童年趣事有一个共同的地方就是表达的都是一个母亲对子女的爱和关注，对子女教育的重视和培养，让我们看到母子亲情的可贵，也看到一个母亲抚养教育儿女的辛苦和不易。

《静静地等待花开的日子》是一篇写在庚子新年里的文章，它是对庚子新年这个大灾难降临时的社会众生描摹，社会观照，也是对自己一家人面对灾难在困难面前表现的忠实记录、认真反思，从而提醒我们要对生活抱有信心，要对国家未来抱有信心，要相信春天终将会来临，没有一种灾难不可克服。

读《静静地等待花开的日子》，让读者也在新型冠状病毒这个灾难面前获得了新生齐发的力量，这种力量是文学给予我们对生活葆有的永恒的热情，在明白赤裸裸的残酷后依然愿意选择热情地活着。孙尤侠的散文让我想起五代李恂的一首词《南乡子·新月上》里的句子:“新月上，远烟开。惯随潮水采珠来。棹穿花过归溪口。沽春酒，小艇缆牵垂岸柳。”

凭着这份花过归溪口的美好向往，在这个春天，读孙尤侠的散文集《布谷声声》，我就觉得人生纵然是苦忧甘甜相伴，只要能够坚定明天比今天会更美好的信念，快乐地和每一个春天相约，亦是足够欣慰，亦是足够美好。

（原载2020年《江苏作家》（内刊）第2期，2020年《连云港文学》7月刊）

小镇往事

沿京杭大运河城市的名录里，你也许找不到这个小镇的名字，但是，乾隆六下江南，五次驻跸这个小镇。

小镇南临古黄河，北依京杭大运河，东连马陵山，用镇上人的话说是“风水宝地”，要不是被“乾隆行宫”压着，说不定就出了个比乾隆还厉害的真龙天子。

她，就是上接徐州，下连宿迁，建制于公元1680年的运河古镇皂河镇。镇上有一庙，曰“敕建安澜龙王庙”，始建于清朝顺治年间，改建于康熙23年。后经乾隆、嘉庆几代皇帝的复修和扩建，构成了现在占地36亩，周围红墙，三院九进，北方宫式建筑群。乾隆六次下江南，五次宿顿于此，并建亭立碑，帑金修缮，故又称“乾隆行宫”。

坊间传说，乾隆第一次南巡驻跸皂河，就下榻于此庙。随行的风水大师夜观天象，发现有紫气从庙后的小湖中冉冉上升。小湖连着大运河，大运河连着上面的骆马湖。传说骆马湖又是天宫中老龙马落难之地。想到这些，风水大师不顾乾隆业已就寝，慌慌张张前去禀报，并将所闻、所见、所虑一一道来；此乃真龙天子将要出生之征兆。乾隆捋须细想，遂决定将“敕建安澜龙王庙”改扩建为“乾隆行宫”，以隆（龙）压龙。

真龙天子没有出生，倒是出了两个抗日英雄。

1938年11月26日，日本人占领宿迁，随即在皂河镇布置了据点。派重兵把守。住有日军六十多人，伪军二百多。

自民国至今，皂河镇隶属于宿迁，是宿迁西北片水陆交通重镇。大运河从该镇穿境而过。流经皂河的这段运河，极为险要壮观。河岸陡峭，人走在大堤上往下看，觉得河里的船行在脚下，更为重要的是，运河堤北岸就是烟波浩渺的骆马湖，湖中芦苇丛生，物产丰富。因此，皂河不仅是水陆交通重镇，也是战略要地。

这么块风水宝地，抗日战争期间，自然也就成了共产党、国民党、日本鬼子各方武装力量和“靠水吃水”的水上土匪争夺的地方。

为了达到以华治华的目的，日本人每占领一个地方，就要选一些亲日分子成立“维持会”，以维持地方治安。郑三清当上皂河镇的维持会长，是日本人用刺刀架在他父子俩脖子上答应的。

郑三清，不是土生土长的皂河人，何方人士？无人知晓。都知道他是安青帮头子。

安青帮，也称安清帮，本是明末清初反清复明的民间秘密组织。清兵入关后，为形势所迫投靠清廷，反过来参与镇压反清人士，充当清人的包打听。安青帮作为历史上著名的帮派组织，自有一套严格的帮规和联络暗语。清人坐稳江山后，安青帮组织的下层成员发生了一些变化，一部分反清志士逐渐退出帮派，一部分变为小商人、船民、手工业者，一部分成了帮匪，沿运河控制码头，勒索过往船只，成了运河沿线的一股恶势力。

郑三清就是这股恶势力的一部分。

刚到皂河的郑三清，想打下皂河镇的码头。

郑三清明白，仅靠他一个人不行，于是他在皂河街上摆起了武艺场。他运气单掌能推倒一面土墙，伸出手指在一块青砖上一戳，就是一个窟窿。有如此功夫，前来拜师学艺的青壮年络绎不绝，他就立案摆香，广收门徒。不到一年，逐渐形成了一张凭师徒关系进行社会活动的大网。镇上那些大小码头，慑于他的势力，不请自让，郑三清如愿以偿霸占了皂河的水运市场。

郑三清在皂河镇上站稳脚跟后，不仅自己规规矩矩做起了生意，遂严令弟子们不准干欺男霸女、欺行霸市、祸害百姓的事，若有违者一经查实，不仅按帮规惩罚同时逐出师门。镇上不论谁家，只要有红白喜事，他就叫手下送个份子钱去。谁家有难他都及时伸出援手。因此镇上人对他郑三清的感觉也还不错。由于他手下门徒多达百十号人，皂河镇周围一带的土匪，慑于他的势力，也没有敢到镇上绑架、抢掠的，因此镇上不论穷人富人，在那兵荒马乱的年月，能过上安稳的日子，大家都知道，这归功于他郑三清，因此大家对他都很礼敬。

郑三清有个儿子叫郑波，在宿迁县城中学读书。郑波的老师是个共产党员。平时从郑波言谈举止中，看出他是个有理想有抱负的小青年。经过一段时间观察、引导，郑波加入共青团，一年后转成中共党员。

日本人在皂河镇修好据点后，准备物色一位在镇上有威望的人士担任维持会长，自然就想到了郑三清。日本人先后几次请他出山，郑三清故意推托。儿子郑波从县城回家，听到此事也力劝父亲，不要干人人所不齿的汉奸。鬼子认准了郑三清。郑三清不当汉奸维持会长，这维持会长的职位就一直空着。先是由翻译上门请，一次、两次、三次不行，鬼子小队长亲自登门，武力相逼。小鬼子把郑家老少集中到院子里，刺刀对准他们的头。鬼子小队长把指挥刀抽出放在桌面上，通过翻译对郑三清说："当维持会长，郑家老少得以保全；不当，先砍你郑三清的头，然后再杀你全家。"郑三清亲眼看见过日本鬼子枪毙、刀砍镇上老百姓的场面。但郑三清主意已定：宁愿搭上全家的性命，也不愿子孙苟活着，世世代代背着个汉奸后代的骂名。

也是郑家命不该绝，在县城上学的儿子郑波在这个节骨眼上赶到家了。郑三清一见儿子到家大吃一惊，接着就是仰天一叹。郑波不问也知道发生了什么事，他将父亲拉到一边耳语之后，在鬼子的刺刀威逼下，郑三清当了这个维持会长。

中共宿迁县委经过对郑三清观察，认为他是一个有正义感的“硬汉子”，利用他在当地的威望和为人，可以为我党做一些工作。便叫郑波做父亲的工作，明处当维持会长，暗里帮我党掌握日本人活动情况。父子俩有话好说。郑波给父亲讲一些抗日救国的道理，又逐渐地把共产党的一些抗日主张讲给父亲听。郑三清是个重义气的人，多年行走江湖，早就听说共产党的抗日情况，因此对儿子郑波的话也不反感，只是听，笑而不言。有一次，儿子郑波又给他讲一些当前的局势，他突然打断儿子的话说：“小波啊，你是共产党吧？是这个让你来当说客的？”郑三清做了一个“八”字手势，儿子郑波笑而不语。郑三清笑着也不追问。儿子干什么他心中清楚。郑三清对儿子说：“小波啊，为父老了，有些事情要交给你们年轻人来干了。”他把维持会几个小头目招来，说明自今日起，除重大事情由他决定之外，家中日常事务交郑波处理。

郑波当家的第一件事，就是如何从鬼子手里套取枪支弹药。郑三清说这有点难。我也想过这个，鬼子说你家有那十几条枪够了，有大的行动再说。

当天夜里十二点左右，郑家大院周围突然响起枪声，砰砰啪啪闹了有十几分钟。枪声一响，郑三清就给鬼子打电话，说共产党的锄奸队包围了他们，请求皇军快给予支援。等日本鬼子赶到，八路军已无影无踪。第二天，郑三清到鬼子据点，要求给他的维持会配备枪支弹药，鬼子倒也爽快，给了三十支枪，每支枪配了十发子弹。

这还不够，郑波说。为了从鬼子那里骗到更多的枪支弹药，父子俩商量一个苦肉计。郑波连夜找到县委，说明骗枪计划，请县大队配合他们父子俩演这场苦肉计。县委命令西北片区队长周桂昆带队，大白天到镇东头玉米地里朝天打了一通枪。郑三清趁机叫徒弟四处嚷嚷：“共产党要打皂河镇喽。”镇西据点里的鬼子和伪军，摸不清情况，电话问郑三清怎么回事，并命令维持会立即出击，皇军随后就到。

镇东边是一望无际的高粱地，玉米地。双方喊杀声，远在镇里的鬼子都能听到。郑波命令手下队员趁机把二十几条好枪和子弹丢给周桂昆的区大队，抱头鼠窜向赶来的鬼子撤退；气得鬼子“维持会的猪，维持会的猪”叫个不停。

郑三清扶着受伤的郑波进入据点。父子俩把维持会如何没有战斗经验，缺乏训练和枪弹等客观原因如实摆在了鬼子面前，鬼子小队长点点头，认为不是没有道理。郑波对鬼子小队长说：“太君，这共匪太厉害了，人多枪好，我们只有在玉米地里和他们肉搏，混战中，我们的枪被夺去不少。”鬼子小队长气在心里，安慰在嘴上：“你们是皇军忠实的朋友，良心大大的好，你们损失的枪支由我们统统的发给。”随后命令翻译让郑家父子清点人数，造成账册，报给鬼子。三日后，维持会每人都扛着一杆鬼子送来的长枪，虽不如鬼子装备的好，却也和据点里伪军装备不相上下。鬼子还送来一挺捷克式轻机枪。

郑三清的维持会鸟枪换炮了。

郑三清知道，鬼子拨给维持会武器，是让维持会当炮灰。鬼子出来扫荡，队列一般是维持会在前，伪军在中间，鬼子兵排在最后。

一九四四年秋。

徐州日军在运河码头装满两大船军火、被服，准备运到两淮去补给各县日军。这个情报被徐州地下党获得，他们及时将情报转到了中共宿迁县委。县委领导指示，西北片区大队长周桂昆和郑波配合，利用皂河以东大运河的险要地段，伏击日寇的运输船，劫取这两船物资。

周桂昆化装成维持会队员，在郑波的引导下来到皂河镇以东的运河大堤上。放眼向西望去：大运河从徐州下来，由西北向东南方向直冲皂河，到了皂河镇后，向东拐了个近90度的大弯，变成了东西流向。在皂河镇东几里处，运河南岸大堤也由平缓变得陡峭。运河水在几丈深的大堤下，缓缓向东流淌。周桂昆对郑波说：“这一处居高临下，是理想的伏击地段，缺点是离皂河镇比较近，便于据点里的鬼子增援。”

为继续隐藏郑波的身份，周桂昆要求郑波的维持会到时视情况而定，尽量不参加战斗，只需及时提供日寇运输船到达的准确时间。临别时，周桂昆说：“有件事郑重通知你，并请你向你的父亲郑老先生传达：经郑老先生一再请求，在你的努力争取下，党组织研究决定，同意你的父亲郑三清同志加入中国共产党。县委将择机派一位领导到皂河为他举行入党仪式。”郑波紧握周桂昆的手，兴奋地说：“父亲是一位帮会中人，过去做了一些对不起人民的事，党能不计前嫌，把他吸收进组织，我代表父亲感谢党！”

郑波到家，没有把县委批准父亲入党的事告诉他，而是与父亲磋商这次行动的事。父子俩密令手下几个心腹小队长，密切关注日本人的行动和运河上游敌人运输船何时到来。

几天来，郑波领着几个亲信，在皂河镇以北的运河上划着小船来回转悠。敌船何时到来的准确情报，只有据点里的日军知道，郑波只能靠他布置的眼线观察。

一件令郑波想不到，决定他父子和维持会生死的事，在维持会中发生了。

街头的菜市上，一个窈窕的女子，脑后梳着一条黑油油的大辫子，大辫子末梢用红头绳系着，一直拖到屁股下面；上身蓝地白碎花小棉袄，配一条深青色裤子，胸部微隆；那张粉嫩的笑脸，举手投足，无不彰显江南女子的清秀和妖娆。她正在搜寻要买的菜，却不知，一双贼溜溜的眼睛已在她背后盯她多时。他悄悄跟踪着她。她到哪，他跟到哪。在回船的路上，她才发现，一个扛着一支旧步枪的人跟在她的身后。姑娘有些恐惧，她快走，后面的人也快走；她慢走，后面的人也慢走；姑娘转过身，后面的人就躲在树后；姑娘重新再走，那人又从树后钻出继续跟着。心中忐忑的她，迈开小碎步急忙赶路。透过树林中的枝叶，姑娘已经看到了运河里自家船上的桅杆了。她心中稍稍轻松一些。就在这时，一只黑手从她身后捂住了她的嘴，把挣扎的她拖入密林深处。他把她压在身下，撕开她的上衣。雪白的乳房裸露在外。她本能地捂着胸口。他又强行扒下她的裤子，她用手乱抓乱打，垂死地挣扎着。慌乱之中，他的右耳跟处被她抓了一道血痕。他兽性大发，狠狠地打了她两个耳光，她被打晕了……

他听到树林外路上有人说话，不敢久留，匆匆离开。

姑娘醒来，痛不欲生，奔向河边，跳河自尽。恰被临边船上的人发现，众人纷纷跳入河中，把她救了上来。姑娘家人赶来，问发生何事。姑娘哭而不语。父母把闺女扶回自己的船上，待别人走后，姑娘才含泪述说遭坏人强暴的经过："那人扛着长枪，右耳边被抓了一道血痕。"

父母和邻船众人都认为，此事只有找镇上的郑三清去处理。

几个紧邻的船家陪着姑娘的父母到镇上找到郑三清，跪在郑三清面前哭诉闺女遭人强暴之事，请郑老太爷还我船民一个公道。郑三清忙扶起姑娘父母，问道："糟蹋你家姑娘的禽兽是何模样？"姑娘父亲说，该人扛着长枪，右耳边被闺女抓了一道血痕。郑波对父亲说："这可能是维持会中的败类所为。不除此败类，运河上不得安宁，也有损我郑家的名声。"郑三清大声吩咐："来啊，把所有人都给我叫来！"手下的人应了声："是！"郑三清对受害姑娘的父母说："我把手下集合起来，你来指认。"等了半个时辰，有人来报："除去执行公务的人以外，留在镇上的人都基本到齐。"郑三清父子领着受害姑娘的父母到郑家门外。郑波说："请你看看，是谁祸害了你家姑娘。"那船民挨个地查看维持会队员的右耳根。看完摇了摇头。郑波说："还缺哪个没来？"手下人说："只差李小队长没有找到。"郑三清说："都给我分头去找。"众人在镇上的大街小巷寻找那名小队长，有熟悉情况的，直奔小队长的姘头家，把他带到了郑家父子面前。郑波对那船民说："请你看看是不是他？"船民看到小队长右耳边正好有一道深深的血痕。对郑家父子道："就是他！"郑三清大喝一声："给我跪下！"小队长"扑通"跪倒在地。郑三清说："你可知罪？"小队长狡辩："师傅，徒弟有什么罪？"郑三清怒斥："你自己干的好事还问我？

败坏我帮规、家规，今后我郑三清还能在运河上混吗？”说完对左右说：“照规矩，把他拉出去，执行！”小队长跪地求饶：“师傅饶命啊！以后我再也不敢了。”郑三清不为所动。眼看就要动真格的了，一旁的众徒弟忙跪下为那小队长求情：“请师傅留下他的一只手，不然他就成废人了。”

郑波觉得剁手的刑罚太残忍，对父亲耳语道：“如是剁手，这人就成残废了，改成打军棍吧。”郑三清心也不忍。他试探着对姑娘的父母说：“老大（对船民的尊称），对你闺女所遭不幸我深表痛心，我也为有这样的徒弟感到耻辱，你看我手下之人都为这个孽徒求情，请你看在我的薄面上，是否能留下他的一只手，改打军棍？！”虽说郑三清是以商量的口气说话，姑娘的父母哪能听不明白，说：“只求郑老太爷公平办事。”郑三清对手下人说道：“你们都在这里等着。”他又对姑娘父亲说：“请老大到后面说话。”姑娘父母随郑家父子到一后室。郑三清说：“我打算这样处理，赔你二百大洋以示补偿，另外打他五十军棍，非打他皮开肉绽不可，你看如何？”姑娘父母听说郑三清要赔偿他二百块大洋，心想：我这条船在大运河上，风里来雨里去，一年也挣不得这么多钱；再说了，闺女虽遭遇不幸，可就是把这小队长打死，气虽然出了、仇虽然报了，却有何用？不如得些实惠。再说了，如果人家不处理，在这人生地不熟的地方又能怎样？想到这些，姑娘父母点头说：“既然这样，那我就替我家姑娘谢谢郑老太爷。”郑家父子当即拿出二百块大洋，交给姑娘父亲。

出了后室，郑三清对手下说：“徒弟们，承蒙这位老大给郑某情面，改剁手为打军棍。”他又对仍跪着的徒弟说：“还不给人家谢恩？！”那小队长朝船老大又是磕头又是作揖：“谢船老大的大恩大量。”郑三清吩咐手下：“把这畜生拖出去，重打五十军棍。”

“噼里啪啦”地打击声和哭爹叫娘的喊叫声，听得郑三清都心疼。

照这样打下去，五十军棍打完，非得把自己打死不可。他小声央求打他的人说：“兄弟们，手下留情，日后必然报答。”打他的几人都是些老哥们，平时相处也还不错。听小队长相求，报告郑三清说五十军棍打完了事。

李小队长被人送回家中，躺在床上，他不反思自己所犯之罪，却埋怨师傅下手太狠。从床边窗台上摸出一根洋烟，哆嗦着点上火，吸了起来。深吸几口，把烟夹在手上，自言自语说："你郑家父子对我痛下狠招，是你们不仁，休怪我不义。"他掐灭烟头，不顾疼痛，支撑下床，偷偷摸摸溜进了鬼子据点，把郑家父子如何骗枪，资助共产党一事向鬼子和盘托出。又把近日郑波在运河上打听鬼子运输船的事也向鬼子说了个详细。据点里的鬼子大惊失色：维持会长成了共产党间谍？！这太可怕了。

据点里那个日军小队长一时还没有想出对付郑家父子的办法。

他拿出一些钞票，让那小队长回家养伤，又对小队长说："你的良心，大大的好，这件事不许对任何人说，回家好好养伤，日后皇军一定会重用你。"

伪军队长想在鬼子面前立功，对鬼子小队长说："太君，我领人去把郑家父子捉来杀掉。"狡诈的日军小队长猫在据点里，心中盘算，杀郑家父子容易，消灭共产党武装难。既然这样，何不用郑家父子作鱼饵，钓共产党武装这条大鱼，然后来个一网打尽，以绝后患。他摆摆手阴险地对伪军队长说："不，不。我要用郑家父子作诱饵钓大鱼，然后……"鬼子小队长两手做一个合围的手势。

日军小队长的脑子中，已经形成了一个把周桂昆区大队和郑家父子一举全歼的计划。

一切像往常一样。

郑波带着几个亲信正在皂河镇上游运河岸上巡视，忽见西边远远跑来一个人，到跟前气喘吁吁地报告："鬼子的运输船来了。"郑波问："到哪儿了？"来人说："两只大铁船，每条船上各有二十几个鬼子，现在到了离这儿二十几里路的二湾口，估计半天时间就可到皂河。"郑波说："知道了，继续监视。"

他及时回家，和父亲商议对策。

时间紧急，他要赶紧去见区队长周桂昆。就在这时，据点里一个伪军军官来了，见郑波要外出，便问：“郑少爷出去有事？”郑波道：“想到运河边转转。”伪军官说：“巧了，你们父子俩都在，皇军有急事请你俩去一趟。”说完就走了。郑三清说：“我去一趟，看鬼子想干什么。”郑波想先探听鬼子有什么行动，然后再去见区队长周桂昆。

时间不长，郑三清从据点里回来对郑波说：“鬼子说他们的运输船即将到皂河短暂停留，具体停留地点和时间，他们没有说，命我们维持会做好准备，配合他们在沿途岸上护送，以确保运输船在皂河镇这段河面上的安全。”

郑波秘密出了皂河镇，找到区队长周桂昆，周桂昆请示县委，商定了一个具体的作战计划。

鬼子的两只铁船开到皂河，郑波带着维持会的队员正在做晨练。日军小队长只带领日伪军亲自前来迎接。和船上负责押运的日军军官用日语说了一阵话，然后下达命令，封锁这一带地方，任何企图靠近者格杀勿论。他密令伪军队长，今夜 12 点，调 10 名日军，100 名伪军上船，把船上的军火物资一律搬上岸隐藏好。同时派翻译通知郑家父子，皇军运输船明天早上八点准时开船，命令他们到时候集合所有维持会队员，沿运河岸配合伪军大队武装护送。

郑波火速派人把敌人开船时间等消息，及时报告给周桂昆区队长。

郑家父子深知，这是他们父子俩接受考验的时刻，对他们来说，也是有生以来为国家为民族做的一件大事。父子俩很是兴奋。这时，郑波才对父亲说：“经党组织批准，你已经成为一名共产党员，县委很重视，将择机派一位负责同志来给您举行入党宣誓仪式。”郑三清听了儿子这话，激动地说：“我活这五十多岁，做了一些对不起船民的事，共产党不算我旧账，我已满足了。还同意我加入他们的队伍，他激动地拍着儿子的肩膀说：“小波啊，咱爷们要好好干，我这把老骨头就交给共产党喽！”郑波又告诉父亲：“区队长周桂昆同志说，经县委研究批准，这一仗打完，我们就公开率队伍加入共产党西北片区大队，所以家中亲属必须现在疏散隐蔽，防止敌人报复。”

郑家偷偷地忙开了。郑三清把家中的值钱东西埋入地下，家眷以走亲戚为名出了皂河镇。

夜深人静时，从宿迁城赶来一队鬼子兵，悄然进了皂河镇据点。

受郑家父子惩罚的那个小队长的叛变，日本人利用郑波父子的恶毒计划。这些，郑家父子一点都不知道，区队长周桂昆更是蒙在鼓里。

一场血腥残酷的战斗即将登场。

第二天早晨八点，郑家父子集合队伍，准时到据点内集合。日军小队长在集合完毕的维持会和伪军面前，说了一通日本话，翻译说：“这次护送责任重大，你们要注意土八路的动向，保证运河里皇军运输船的安全，不能出现一点问题，因为下游几个县城的皇军都在等待这批军火物资接济。”训完话，鬼子小队长命令：“出发！”

二百多名伪军官兵，参加这次护送任务的只有一半人，其余伪军和日军干什么去了？敌人的这种兵力部署并未引起郑三清父子的警觉。

敌人的两条运输船，看起来没有什么变化，船上的货舱被厚重的帆布蒙着，每条船头上均架着一挺日制九二式重机枪，二十几个鬼子端着枪守着船的四周，鬼子兵警惕地向河岸上观望。

鬼子运输船上的情景和手下弟兄传来的信息没有什么异样。但郑波总觉得两条船上暗藏一股杀气。

船上的鬼子见河岸上出现了护送的队伍，头一条船拉起一声汽笛，起锚开船。两条铁船像两只缓慢爬行的乌龟。郑波父子率维持会走在前面，后面是那百十来个伪军。郑波一只手扶在腰间的手枪上，边指挥弟兄们前进边警惕地观察着四周的情况。后面那些伪军也一改往日拖拉的行军习惯，握枪警惕前面的维持会。

郑波父子不知道敌人已经做好了准备，但从对方的气氛中，郑波父子似乎看出了点什么，至于会发生什么？他们不知道。

队伍慢慢接近那处险要地段，郑波清楚，那里有共产党区大队的埋伏。越往前走，郑波越担心。他转过头看了看后面行进的伪军。伪军们也好像紧张起来。郑波扶枪的手心里出了汗，他小心命令："往后传，准备战斗。"从脚下几丈高的斜坡岸往下望去，水面上那两条鬼子的运输船像小了许多。郑波暗暗着急，怎么还不见动静？正在他忐忑不安时，运河里几声巨响，埋伏在河岸的区大队自制水雷在敌船的前头炸响，河里顿时腾起几丈高的水柱，区大队伏击阵地上的枪声响了，郑波大喊："兄弟们动手！"郑家手下百儿八十人的维持会队员转身向后边的伪军猛扑过去，后面的伪军也有准备。伪军中也有人喊："弟兄们，动手啊！"向前面的维持会奔杀过来。双方原本就离得很近，很快就绞在一起，打成一团。郑波父子手下平常都是练过点武功的，近战肉搏渐渐占了上风。但伪军拼死力战。担任埋伏任务的区大队一部分战士也跳出战壕冲了过来，和郑家父子合力与伪军肉搏。意在先解决岸上的伪军。伪军们渐感不支正要溃退，这时从南边忽然窜出一队鬼子兵，端着刺刀向混战的双方冲了过来。冲过来的鬼子企图与伪军汇合，把郑家父子手下的百儿八十人及前来增援的区大队部分战士夹击消灭。岸上的形势顿时危急起来。

担任伏击的区大队主力战士们，猛烈攻打运河上敌人的运输船，船上的鬼子兵纷纷落水。战士们在区大队长的指挥下打得顺手，正要冲出阵地往下面冲锋时，鬼子运输船上的帆布忽然被拉开，帆布下面全副武装的伪军和鬼子，把装满土的麻袋围在船舱四周，制成一道环形工事。敌人隐蔽在船舱里用轻重机枪和小钢炮朝区大队猛烈射击。同时，两条铁船也渐渐靠上运河南岸。大队长发现被骗，他飞快思索着、权衡着；如放弃船上的敌人去支援郑家父子，船上的敌人一旦上了岸，区大队和郑家父子的队伍将腹背受敌。其后果不敢想象。他咬紧牙关，决心区大队的任务由伏击变阻击。同时命令郑波父子边打边向岸南边的玉米地撤。

在一块弹丸之地，同时发生两场战斗，战场形势相当复杂。副大队长把手中的预备队五十多人，全部派出去，增援西边战场上的郑家父子。

这五十多人，作为预备队，始终未投入战斗，他们得到副大队长的命令后，奋勇杀出，对西边战场上的鬼子兵形成了反包围之势。

战场形势出现了敌要包围我、我要包围敌的局面，双方杀得难分难解。子弹的呼啸声、喊杀声、刺刀和枪支的撞击声响成一片。

龟缩在运输船里的日伪军在船上的小炮掩护下，又发动一次冲锋。区大队战士们顽强阻击，决不让敌人冲上岸。双方正打得激烈时，忽然又听到背后响起枪声。大队长转头一看，在阵地后面近千米处，又出现一支日军部队，朝阻击阵地包抄过来，企图与河岸下的敌人形成前后夹击。他冷静地想了想，如果这样打下去，全军都可能被敌人包了饺子。他对身边的战士们说："同志们，现在形势十二分危急，我们必须抛开当面之敌，全力向西攻击，救出我们的人，然后迅速向南面的玉米地突围。"

一番苦战，县西北片大队的两百多号人死伤一半还多。郑波父子撤退后，找到区大队时，仅剩十余名队员。

县委责成区大队长周桂昆，派人搜集遇难指战员和郑波父子手下的遗体。工作人员化装成老百姓，在各地方党组织的带领下历尽艰辛，二百六十多具烈士遗体，均就地掩埋。在区里召开的对这次伏击战的总结会议上，郑家父子努力回忆每个细节，分析究竟是哪个环节出了问题，是谁向敌人泄的密。通过层层梳理排查，郑家父子认为是维持会中那个被他们父子惩罚的小队长告的密。后经区里秘密派人到皂河镇核实，证实那个小队长已做了汉奸。

已经升任运西区（运河以西）区长的周桂昆，几次派武工队员前往皂河镇锄奸，均因此人行动诡秘，且躲入鬼子据点深居简出而未能得手。直到抗战胜利后，此人才被党组织捉住镇压。

郑家父子身份已经公开，经县委研究，决定他们转移到运东（运河以东）抗日游击根据地去工作。接到通知后，父子俩绕道骆马湖西岸，想乘船横渡骆马湖到运东根据地去。父子二人在湖边找到一条渔家小木船，讲好价钱，上了木船向湖的深处驶去。父子二人不知，就在他二人找船之时，岸上有一个认识他们父子的当地无赖，为了贪图敌人的二百大洋赏钱，跑到皂河据点向鬼子报告。鬼子小队长闻听大喜，命令十来个鬼子和伪军，乘两艘汽艇，去追赶郑家父子。

在一望无际的骆马湖上，打鱼的小渔船，像天上的星星散落在水面。撒网的，收网的；渔鹰在水中时隐时现；不知名的大小水鸟，张开双翅在湖面上盘旋，有的像箭一样，刺破水面钻入水中；有的自由自在的随波漂浮。郑波和父亲坐在小木船的船舱里，欣赏着水天一色的湖上美景。郑波看了一眼父亲，一种不可名状的心情使他感到父亲高大得像山一样。五十多岁的父亲，抛弃优越的生活，抛开家庭，跟随共产党打鬼子，看着他那日渐苍老的身板，郑波心里酸酸的……

一阵微风吹过，郑波稍微感到有些冷，搓了搓手。老父把身上披着的大褂子脱下来披在郑波的身上。父亲自己却戴着礼帽穿着单衣，迎风而坐，让儿子坐在他身后，用身体为儿子挡着风。郑波的眼泪差一点流了下来。他取下大褂子依旧披在父亲肩上，“我年轻，活动活动筋骨就没事了，还是你披上吧。”郑波坐在父亲身后，张开手臂活动了几下。

西边的水面上，隐隐约约地传来马达声。伴随着马达声，两个黑点急速朝这边移动，惊得水鸟四处飞起。渔船纷纷躲闪。两个黑点渐渐变大，是日本人的汽艇追上来了。郑波对摇船的渔家说：“快，朝芦苇丛里划。”渔家手握船桨，使劲地朝远处的芦苇丛里划去。

敌人的两艘汽艇越来越近了，并朝船开枪射击。郑家父子各掏出短枪，倚着船帮还击敌人。两艘汽艇并排驶来，艇上的机枪不停地朝木船射击，落入水中的子弹激起一朵朵水花。船家害怕，说：“被鬼子捉住我就活不下去了，早知这样，你们给十万贯，我也不带你们。”说完，一个猛子扎入水中，逃命去了。

小木船在水中打转，郑三清边射击边对郑波说：“你赶快跳水。”郑波朝敌人不住地射击，不肯离开父亲。父亲急了：“再不跳，我们爷儿俩都没命了。”他把枪口对着自己的脑袋：“再不走，我死给你看，快走！”

郑波在父亲的威逼下，跳入水中。

郑波躲在芦苇丛中，见父亲的小木船被敌人的汽艇夹在中间；敌人的汽艇绕着小木船快速开动，小木船被汽艇掀起的巨浪打得左右摇摆。汽艇上日本人得意地哈哈狂叫。伪军说："郑三清老爷子，投降吧，皇军也学共产党投降不杀。"郑三清站起身来骂了一句："小杂种，祖宗的脸都给你们丢尽了，想让老子我投降，休想。"话刚说完，被剧烈摇晃的船，晃倒在船舱里，引得汽艇上的鬼子奸声大笑。郑三清被跌得头晕眼花，摸到短枪，对准自己的太阳穴，饮弹自尽。鬼子将汽艇开足马力，把木船撞翻，然后掉头向芦苇荡驶去，围绕偌大的芦苇荡绕了一圈，射了一通子弹，朝湖西驶去。

西去的快艇，留下两道深深的、白白的、亮闪闪的水迹。那是留给郑老先生的挽幛。

这一切都被藏在芦苇丛中的郑波看在眼里。他一手握着枪，一手紧紧握着拳头，含着眼泪，口中低低地呼喊："父亲，父亲。"

郑波走了整整四天，穿过敌人几道封锁线，到达县委所在地保安圩时，人已变成了叫花子。

县委马林书记听了郑波的情况汇报后，首先摘下帽子，和在场的其他同志一起，为郑三清同志的牺牲致哀。哀毕，马林书记握着郑波的手说："郑波同志，请节哀，敌人再疯狂，也蹦跶不了几天了。"

郑波在保安圩休息了几天。县委接到淮北工委的命令，调郑波同志到扬州进行党的秘密工作。

小镇没有忘记这一对疏财救难、为国捐躯的父子。镇上虽然没有纪念他们的庙宇、碑刻，但他们的故事，至今仍有街谈巷议，一代一代的口口相传，这就是"有口皆碑"吧。

（原载 2018 年《宿豫文艺》第 6 期）

英雄慨说鸿门宴

一个月满风清的晚上，觉得有点莫名的烦躁，走出茅屋，沿着山坡的小路向前闲逛。不远处，朦胧中依稀可见梧桐巷，老槐树，那是项羽的故居，在这凄清的满月里，显得寂寞而苍凉。山间不乏清新的空气，花草的馨香，唧唧的虫鸣。这么个幽静而富有禅意的夜晚，只可惜“眼前有景道不得”，早被王维独享受：“独坐幽篁里，弹琴复长啸。深林人不知，明月来相照。”诗写人生，这是仕途坎坷，信奉佛教，半官半隐之王维的落寞，还是他思想的超脱？

山脚下，几盏灯火在忽闪忽闪地亮着。走到近前，乃一家小酒馆。店小二殷勤地送上我要的一碟酱牛肉，一盘花生米，一壶小酒，边品尝美味，边欣赏月色山景。忽一阵马蹄声由远而近，盔甲剑鞘在月辉里闪着寒光。三个壮士望着酒店，稍一迟疑便翻身下马。两个稍矮一点的为那个高大魁梧的解下盔甲，取下头盔，摘下佩剑，走进店来：“店家，五斤牛肉，两斤花生米，一坛好酒。”高大魁梧的壮士说。声若洪钟，目如闪电。

酒店老板虽满口应承，却迟疑不决，面带愠色。我想，他可能担心这三个兵痞子吃了不给钱。为了讨安，我向店家做个暗示：“他不给我给。”一坛酒喝得差不多了，我问：“壮士从哪儿来，这是去哪里？”那个身材魁梧双目如炬的壮汉，用他的眼角余光扫了我一下，我心为之一颤。“项籍也。”他说。我为之一喜，说：“吾乃下相人，亚父（范增）之族人也！”壮汉闻之大喜，即与我拥抱，差一点扭了我的腰。说了一些仰慕之词后，我问他：“鸿门宴为何放走刘邦，以至于功败垂成？”

“说来话长，”项籍（羽）说，“灭秦以后，刘邦驻军霸上，他的左司马曹无伤派人对我说：‘刘邦想在关中称王，叫子婴做丞相，秦之珍宝财物全归他有。’这鸟人既然不守约，我就准备起兵讨伐他（当时项羽拥兵40万，驻在新丰鸿门；刘邦10万，驻在霸上，相距40里）。没想到叔父（项伯）把这事告诉了张良。第二天，刘邦就带着张良等来拜见我，说这是小人谗言，不要相信；又说好话，又送礼物，我就留他喝酒。席间，亚父（范增）多次使眼色，再三举起他佩戴的玉玦暗示我，并命项庄舞剑。我理解他的意思，——想借机杀掉刘邦。”

“杀掉刘邦很容易，但那是在我的帐内、酒席上，我不能乘人之危，行小人之举，胜之不武。”

“因此后人说你不懂政治，妇人之仁。”我说。

“妇人之仁总比小人不仁值得敬重。如果靠耍流氓，行小人之举达到某种目的取得成功，被后人唾弃，那我宁愿做个有情有义的妇人，做个失败的英雄！”羽感慨而曰。

言谈间，忽雷声大作，电闪雷鸣；闪电中，一乌色骏马从天而降，直奔羽而去！羽披挂仗剑，临行嘱我：“先生，我故里有一手植槐，老干新枝，若有闲暇，拜予水侍。”

又一声雷鸣，我梦中醒来，窗外雨帘如注。

黑子与帅帅

说到黑子，那是我小时候最好的“玩伴”之一。就是母亲，也常拿黑子说事。有一次，母亲喂弟弟的饭，他两只小手不停地乱抓胡闹，一下把母亲手里的碗抓掉了。母亲竖起筷子：“真是畜生易度人难度，喂黑子朝我摇尾巴，你倒好，把我碗给砸了！”一岁多的弟弟，咧着小嘴，呵呵，呵呵，幸灾乐祸似的傻笑。

黑子是不到一岁时舅舅带到我家的。“这狗有灵性。”舅舅说。因一身油光发亮的黑毛，母亲就给它取了个名字——黑子。

六十年代初，农村能喂得起狗的人家不多。我家因父亲在水利上工作，每月有近三十斤水利粮补助，日子过得还算将就，母亲就喂了几只鸡，用鸡蛋换些油盐钱。可是鸡的日子过得很不安宁。那时小偷不多，黄鼠狼倒不少。我家的鸡经常受黄鼠狼的骚扰；尤其是冬天，黄鼠狼们野外的食物少了，就开始寻鸡圈。每到半夜三更听到鸡们那声嘶力竭的求救声，我就把头蒙进被窝里，人缩成一团。母亲披衣而起，拿起门后常备的推磨棍驱赶黄鼠狼。因此，那些年每逢霜降过后，几天就有一帮三五成群的东北人，牵着两三条大狗，扛着长长的标枪，到庄里捕黄鼠狼。他们利用狗的嗅觉，只要狗嗅到哪个草垛里有黄鼠狼的气味，就“汪、汪”地叫。几杆标枪一起轮番向草垛里上下乱戳，直到把黄鼠狼赶出来，然后由狗捕获。

那时听说，一条黄鼠狼的皮能卖好几块钱。

也许是受那些捕黄鼠狼的狗的启发，母亲叫舅舅给我们找了个“黑子”。

黑子真是鸡们的称职卫士，自它到我家，鸡的日子安宁了，我夜里也不害怕了。我和黑子也成了最好的玩伴。白天，除我上学，只要在家，黑子是寸步不离我的。那时，我对黑子的礼遇可以说有时超过弟弟、妹妹，因为我觉得它有时“很懂事”；吃饭时，它不像有的狗，老是昂着头看你吃东西，一副没出息的可怜样。黑子不，我们吃饭，它不是躲在桌子低下，就是到草垛边睡觉，不叫它，它从不到饭桌边去。有时它在桌子底下，我会趁母亲不注意，把碗里的山芋丢给它，故意将骨头上的肉还没肯完就丢给它。

黑子不仅是我家鸡们的卫士，也是我的“卫士”。

那时若是白天二叔赶过集，我晚上必去他家听他“讲古”。二叔不识字，但他记性特好，不仅基本上能把他听“说书人”讲的故事重新给我们讲一遍，而且讲起来有声有色。每逢他“讲古”，他那三间草屋，挤得满满的。黑子就趴在我的腿边寸步不离，直到散场子。到二叔家来去近百米的黑路，黑子都走在前面，给我壮胆子。

母亲说：“黑子成你跟班的了。”

母亲有时会说：“今晚讲些啥，说给我听听。”有一次我给她讲“曹操杀吕伯奢全家”的故事，她听后气愤地说：“畜生易度人难度，还不如俺黑子！”

毕业后外出工作，回家的时间少了。黑子也老了。母亲不忍心伤害它，把它还给了舅舅。

到城里安家后，儿子、女儿多次要去宠物市场买一条小狗来家玩，都被我拒绝了，——环境不允许。

一次出差回来，发现阳台上有一个笼子，一团雪似的一条小狗，全身没一根杂毛。它坐在笼子里，两只大大的眼睛瞪着我看。女儿说："这是一条来自俄罗斯血统的萨摩耶犬，我已给它起了个名字——帅帅，希望它长大聪明、伶俐、帅气。"

我脸色虽不悦，但心里还是比较喜欢的。

随着年龄的增长，工作的调整，我的自由时间也就多了。帅帅也长大了。有时我会带它到街上逛一圈。帅帅果然不负所望，尤其是洗过澡，那就是一尊雪雕。两只三角形的耳朵蹲在毛里，只露一点点耳朵尖子在外，尾巴像神仙"吕洞宾"手里的"拂尘"，翘在背上摇来摇去，甚是神气。走在大街上，它就像明星似的招眼。尤其是帅哥美女，看到它，都要逗它玩一会。它也"很懂事"，若是女孩子蹲下来逗它，它会试探着用嘴去亲人家的脸，人家站起来，它又用嘴去拱人家的裙子。好在它是畜生，女孩子也都大方，不跟它一般见识："什么帅哥啊，大色狼！"走时还给它一个飞吻。

今年春节，我带它去街边的地摊上买烟花。一辆"宝马"开过来，下来一男一女。"乖乖，这是什么狗，真帅气！"女的说。我在选烟花，没注意他们。"是北极熊品种吧。"男的边说边扯我手里的狗绳。

"梁总？"我们单位几年前请来投资的老板。从项目报批到协调各部门关系，那一年多，我为他跑烂了鞋，他踏破了我办公室的门槛。

"领导老兄？你可想死我了！老是想请你过去玩玩，一忙就给忘了，现在忙什么？"

"就是它，"我指指帅帅，"听说效益不错，准备上市了？"

"那是上级领导的设想。现在效益不太理想。"

"今天巧了，走，到对面的咖啡馆，我们好好聊聊。"

说着，他就来扯我的膀子。

冷不防，帅帅一下窜到他身上，两只前爪差一点抓到他的脖子。

我惊一身冷汗！他吓得脸煞白！

我一把抓住帅帅脖子上的项圈，把它拽了下来。

“没事吧？”我说。

“没事，这玩意可喂不得！”他惊魂未定的样子。

“从未有过的。它可能以为你和我打架。”

简单聊几句，握手告别。

帅帅回过头去，又送他两声：“汪、汪。”

看着它那可爱的样子，我又想起了黑子。

（原载 2018 年《连云港文学》7 月刊）

忘不掉那个春天

那个春天距今已有 48 年。那时我 10 岁，日子过得虽然没有现在的孩子们“锦衣玉食”般的灿烂，但那是我这一生少年时最快乐、最难忘的一个春天。倒不是吃了顿朝思暮想的大米饭，也不是母亲给做了新衣服，可以甩掉令我十分难堪的破衣烂衫，而是被同龄人羡慕不已地进了一次县城。

县城离我家王集公社仝李大队有几十里路。

那年的 4 月 5 号，天刚蒙蒙亮，母亲就把我从热乎乎的被窝里拽了起来：“说去给烈士扫墓的吗。”一条热乎乎的毛巾，轻轻地在我脸上擦了两下，之后，把我领到锅屋。桌子上已摆好一碗稀饭，一张山芋糊糊烙的煎饼，一盘腌萝卜干。这是母亲给我准备的早饭。煤油灯的火苗一跳一跳的，还结了个灯花。母亲坐在一边看着我吃饭，用手摸了摸我的头，像不认识似的：“看看，儿子要出远门去县城，灯捻子也笑了，到县城里好好看看，回来给妈说说。”

那一年是我第一次从农村去城市。去城市，是到“马陵公园”给烈士扫墓。

听大人们说，城里人穿的是新衣裳，大皮鞋；吃的是大米饭、白馒头，还有鱼有肉；走的都是八（柏）油路，住的是楼房，点的是电灯。那时不懂得问“为什么城里和农村不一样？”，只知道好奇，想看看大人们说的是真的还是假的。想看看城里的楼房、电灯、小包（汽）车，是不是跟大队放的电影里那些城市一模一样。

按学校要求，每个村庄从三年级到五年级的学生中，选 5 个家庭成分好，根红苗正的学生去。由一名 5 年级的男同学带队，上午十点前到城里的“马陵公园”东门集合。

从我们庄子上到城里，大约有三十多里路。我们的庄子紧靠通往县城的用石子铺的公路。路上，别说公共汽车，有时一天连一辆汽车都看不到。我们便沿着公路向县城走去。

清新的早晨，鸟儿在路两边的树上尽情地歌唱；一丝不挂的太阳，像过年时母亲打在碗里的鸡蛋黄。我们在一步一步地前进，太阳在一节一节地升高。阳光，把树的影子铺满路的两旁，风吹树影，像凯旋的士兵，在列队鼓掌，欢迎他们的首长检阅一样。我们欢呼着，雀跃着，在“士兵的列队里”，奔向那“吃着大米饭，白馒头；穿着新衣服、大皮鞋走在八（柏）油路上”的城市。

远方的城市，真的像大人们说的那样好吗？吃的是大米饭、白馒头，有鱼有肉；住的是楼房，点的是电灯？我的村庄，一年四季都在泥泞路、庄稼地、劳碌和饥饿中挣扎着。

老师告诉我们，“到了烈士陵园，不要大声说话，不要动那里的一草一木；要用虔诚、敬畏之心去敬仰我们的先烈！是他们用生命，换来了新中国，换来了我们今天的幸福生活。让那些舍生忘死，为了新中国，为了我们今天的幸福生活而牺牲的英灵们，在那里得以安宁。”那时，我还不懂得什么叫“虔诚、敬畏”，不过，从老师那严肃而凝重的表情里，我似乎读懂了“虔诚、敬畏”的沉重。

大约 3 个小时后，我们来到进入城市的岔路口。我们都不知道“马陵公园”在什么地方。正迷茫之时，过来一队打着红旗的学生。我们的领队手一挥，走，跟着他们走。

他们对路是熟悉的。领队打着红旗，器宇轩昂地在前面大步流星地走着，我们在后面要小跑才能跟得上。高音喇叭里放完了《唱支山歌给党听》，又放《大海航行靠舵手》。宽阔的八（柏）油马路上，农村见不到的自行车，在这儿像是穿梭一般，一会儿一辆，一会儿一辆地来来往往；偶尔有一辆在电影里看过的，那些国民党的军官坐的小（包）汽车，从我们面前驶过。第一次走进城里，对这个我很陌生的城市，并没有什么新奇的好感，也没有“羡慕不已”的感觉。马路，人，汽车，自行车，路两边的房子，跟大队放的电影里的城市差不多。不一样的是，电影里的女人，有的是穿着旗袍、烫发、高跟鞋；男人有的是西装，有的是长衫、礼帽、马褂，在这个城市里，一个也见不着。这里的男人女人，清一色的，不是中山装，就是“陆军装”；男的女的，大多戴一顶“陆军帽”。哦，是大人们忘记了，还是我在电影里没注意到？这个城里的男女们，有的不仅穿黑黑的，泛着光的皮鞋。也有的穿“解放鞋”。

一队一队的学生，打着红旗，从四面八方向城里涌来。我和他们一样，都有一个共同的标志：膀子上带有一个“红小兵”的红袖章，脖子上系着红领巾。我忘记了母亲嘱托的“城市”。我的眼里只有他们，和那些海洋一样涌动的红色的标志。

远远地，我们望见了那个戴着“陆军帽”，朝我们挥舞着红旗的我们的校长。在他的引领下，和我们一个公社的几支队伍，组成一个方阵，来到烈士纪念碑前。辅导员领着我们行了庄严的队礼。之后，听讲解员讲解那些血染的故事。

这一天，我疲劳而快乐。这一天，我一生无法忘却。那些血染的故事，经讲解员绘声绘色地演讲，远比电影里那些血染的场面更悲壮，更令人伤感、震撼。

回家的路疲惫而漫长。早晨的那顿饭，已和那短暂的兴奋、激动一起，不知丢在了城市的什么地方。有的同学走走停停，停停走走；有的蔫了吧唧地靠在树上。还是领队的大我们几岁，显得坚强，“大家坚强些，红军啃树皮，吃草根过雪山草地走了两万五千里，我们才走几里地？！”

“城里咋样？”母亲问我。“不咋样。”我说。母亲没再问，也许在她眼里，小孩子，能分清什么咋样不咋样的，我想。“好好读书，念出学来，到城里去享福。”母亲说。我知道母亲对我的回答是不满意的，她心里明白着呢，城里和农村就是不一样，一个天上，一个地下。城里人，拿着小本子或粮票，到粮食店里，领回家的都是大米、白面；农村人，拿着巴斗、口袋，去生产队领他们用自己汗水收获的、带壳的水稻、小麦、大黍棒子（玉米）、山芋。大米白面，只有过年时分一点。

四十年弹指一挥间。

母亲老了。

我也年过半百了。

如今，农村和城市翻了个过。

那时，我们进城是想吃大米饭、白馒头。

如今，城里人星期天、节假日都往农村跑，他们找的不是大米饭、白馒头，是土地里现挖现刨的“新鲜”。

（原载 2017 年无锡《太湖》第 4 期，吾喜杂志网转载）

第四辑　乡恋·情怀

文化与城市

壬辰年初冬，宿迁市宿豫区住建局就“美丽新宿豫”组织了一次诗、书、画笔会，请一帮文化人以诗人、画家的视觉，对宿豫的城市建设给予品评、建议。

宿豫，地级宿迁市成立时，从古老的城区搬到了河东。经十多年的建设发展，如今是路宽街净，高楼、商铺林立，行人川流不息。千鸟园广场边，书报地摊、玉石古玩，棋桌上车马对阵，音乐伴着健身的舞步……谁能相信，十多年前的一片荒滩良田，一步跨入城市之美！

城市之美，美在形神兼备。形是体魄、骨骼，神是文化、气质。城市就像女人；女人之美，不仅在于她的容貌、体形、服饰，关键在于她的气质。“意态由来画不成，当时枉杀毛延寿。”王昭君之美，不仅在于她天生丽质，更重要的是她“擅弹琵琶，琴棋书画，无所不精”，又秉持了先人“诗礼门第”之血脉传承，这样深厚的文化底蕴和血脉造就的“意态”——气质，岂是毛延寿之笔能画得出来的！

同样如此，一个城市，林立的高楼大厦、美丽雄壮的雕塑、清秀的山水湖泊是她的形体，车水马龙的通达、熙熙攘攘的人流是她的脉动。而

"琴棋书画，诗礼门第"就是她的气质——灵魂。去绍兴，有谁会问："绍兴是什么级别，有多少高楼大厦，有多少亿万富豪吗？"我想很少有，但一定会问："鲁迅故居在哪里，沈园在哪里？"到了杭州，没人想去看市政府大楼，也可以不去逛商业街，但不可能不去西湖，因为西湖不仅有山清水秀形神之美，更重要的是我们要去看"断桥的故事、苏堤（苏东坡）的传说"等厚重的文化历史。

年轻的宿迁市，在传承她千年文明的同时，"绿色、生态、环保、美丽""南大寺、项王故里、古黄河公园、骆马湖景区"等文化标签的开发，使这个年轻而又古老的城市有了她独具魅力之美。

不过对于南大寺、项王故里的重建，有些市民却说那是"仿"的。"仿"的如塑胶花，它虽然美丽鲜艳，但没有感知，没有温度。是的，我们需要"真"的，真的是"根"，根是血脉的传承，设若没有那棵千年手植槐，谁能相信那就是项羽的衣袍之地？

在推进城市化、加快城市开发建设的同时，更需要把那些带有我们血脉传承的"根"留下。开发东大街，有关部门邀文博人员和开发商座谈。文博人员坚持保留部分明清建筑，以彰显这个城市历史文化的厚重；而开发商则说："文化遗产的保留是需要钱来维护的，不开发哪来的钱？"结果只留下那个所谓的"文化名人馆"。"那曾是日本鬼子的办公室！"市民不悦地说。值得欣慰的是，据说部分"骨骼"比较完整，保存较好，原汁原味的明清建筑"新盛街"被保留了下来。这不仅留住了宿迁的"根"，也给市民一个很大的安慰。

建筑、雕塑、山水湖泊，是一个城市美的组成部分。这美若没有文化支撑，那就像一个有血有肉而没有灵魂的植物人。天下楼阁百千万，为什么唯《岳阳楼》《黄鹤楼》《滕王阁》等饮誉中外、名垂青史、屹立千年不朽！我想，这不仅在于她的建筑艺术之美，其不朽之灵魂，还是那些因楼阁而生，一吟便令人沉醉、震撼，被世代流传的诗文。所以，英国著名史学家戈登·柴尔德对城市的认识——"城市的出现是人类步入文明的里程碑。对于城市建筑的探究，无疑需要以文化的脉络为背景。”人的生命需要相同的血脉得以延续，城市的延续，也需要其独有的“文化脉络”使其永生。

城市之美，既离不开雄壮美丽的建筑、历史文化的传承，更在于人的文化素质的提升：我们的城市每天都在升高，当电梯门打开，你是谦和地礼让，还是霸道地把别人挤开？一个老人和你并肩路口，绿灯亮了，你会搀扶那老人一起过路口吗？一个烟头、一片纸屑，你会及时地放进垃圾箱吗？

美，不仅在于一个城市的硬环境，在于这个城市对其独有的历史文化的传承，更在于这个城市每个人的举手投足、言谈举止之间这些软实力——文化素质的提升。

（原载 2014 年 1 月 22 日《中国文化报·美文》副刊，凤凰·文化、网易新闻、浙江省文化厅网等转载）

梨园小憩

只要是晴好的天气，梨花节我是必去的。说来这很不符合我“爱静厌闹”的生活习性，但我真的抵挡不住那千余亩“ 梨花似雪草如烟”仙境一般的诱惑。

仙境一般的梨园在宿豫区顺河镇林苗圃村，离城区两公里左右。年年梨花节，像春节庙会似的，人群涌动在花的海洋里。园中的路，像棋盘上的格子，把花和人分得清晰可辨。五颜六色的人群，像彩色的小溪，在雪一样的花海里流淌。

沿着只能一人独行的小径，拨开交错的梨花枝，我向梨园深处走去。风的安静，给梨花以处子的幽梦。也许是天寒，没有蜜蜂，也没有蝴蝶，一群群似蚊非蚊的昆虫，一会儿高，一会儿低地飞来飞去。

“梨园”这个植物聚集的极其普通的名词，因唐玄宗而形象化和艺术化了。这个“园子”的首任“校长”唐玄宗，因励精图治而开创了开元盛世；也因“梨花一枝春带雨”杨贵妃这个美人而酿成了“安史之乱”。几千年来，在“梨园”里不仅衍生出那么多悲欢离合才子佳人的故事，也闹了一些不乏人知的政治笑话。

一九二三年，曹锟当上了第五任“中华民国”大总统。因贿选做贼心虚，怕别人把他比作曹操，就给京剧界下了道禁令：禁演《击鼓骂曹》与《捉放曹》，以避讳他的“曹”字，怕将来自己真的被“骂”、被“捉”、被“放”。但这两出名戏影响太大，想禁演又不可能，而曹锟本人对这两出戏也很喜欢。京城戏班子便另辟蹊径：《捉放曹》讲的是曹操刺杀董卓失败后在中牟县被抓，县令陈宫放了曹操，与他一同逃亡。于是戏班子就把《捉放曹》改名为《中牟县》或《陈宫计》。《击鼓骂曹》说的是名士祢衡在曹操的宴会上，借用人大骂曹操。戏班子将之改名叫《群臣宴》，看上去由骂戏改成了庆贺戏，而戏的内容与唱法却丝毫未变。这样，曹锟满意，戏也照演。

一九二四年，第二次直奉战争，冯玉祥倒戈，瓦解了吴佩孚进攻奉天张作霖的军事计划。冯部回到北京，实行军事政变，曹锟即被“捉”，囚禁于中南海的延庆楼。嗣后因政局突变，冯玉祥被迫撤出北京，曹锟才被“放”归天津。没想到，干了不到一年的大总统，自己就演了一出名副其实《捉放曹》。

另一个笑话是梅兰芳依据《循环序》改编的新戏《凤还巢》。与曹锟是儿女亲家的张作霖，一九二七年在北京自封“大元帅”。张大帅与曹亲家有一个共同的忌讳，就是对戏台上的剧目很敏感。

《凤还巢》讲的是明朝末年侍郎程浦为他两个女儿择婿的故事。这时，国民革命军正轰轰烈烈地北伐，而张作霖的处境却是朝不保夕。他觉得，京城上演的《凤还巢》同“奉还巢”谐音，有轰他返回奉天老巢的意思。

张大帅即命教育部部长刘哲下令禁演。好笑的是，京剧《凤还巢》不演了，没多久，张作霖下台离京，班师回奉天的戏上演了。一九二七年六月三日傍晚，带着他的几个亲信登上专列回他的老家奉天去。当专列驶至沈阳城郊皇姑屯车站的铁桥时，被日本关东军事先放好的炸药炸个正着。重伤的张大帅“还巢”奉天后不治身亡。

想着“梨园”的故事，不觉已走进梨园深处。一枝梨花挡住眼睛。抬起头，不远处，一男一女正依偎缠绵。看样子男的要比女的大得多。是忘年恋？还是傍大款？触此情景，我想起苏轼写给他一个63岁文友娶一个16岁美貌少女为妾的打油诗：“二八佳人七九郎，萧萧白发对红妆，杖黎扶入销金帐，一树梨花压海棠。”白发娶红妆，“梨花压海棠”，俏皮、精妙、恰当！

“梨园”里有太多的“风流浪漫”“凄凉和悲壮”，不想去想，也懒得去想。脚下的土很松软。蒲公英的小黄花开得正艳，像是和梨花争宠春天。泥土的芳香和花的芬芳，凝聚成一股沁人心脾的气浪。这气浪形成一股风，这风吹得我有点头晕目眩。蹲下来想采一朵蒲公英的小黄花，嗅一嗅，以解除目疲脑胀，却发现不远处，有一简洁别致的小茅屋。

这样的茅屋已从我的记忆中消失。茅屋不大，十来个平方。四根水泥桁条做四个拐角柱子，桁条与桁条之间用芦苇加起来，两面用麦糠和泥搅拌后糊上。五六十年代，我家的锅屋就是这样做的，既挡寒风，也防火。屋顶也是芦苇做笆，上面苫上麦草。茅屋门向南。几片杨柳板钉作一个门。门上挂着锁，虚掩着。也许主人没走远，四周望去，不见人影儿。

推门进去，屋内只有一张床，没有灶具，也没有板凳。床上有一条被子，被子下面铺一条粉红印花的毛毯。被子叠得很讲究，像军人的被子那样周正。上面压一个枕头，枕头上的毛巾也似刚洗过的。我想，这个主人一定是有规有矩、极爱整洁的人。也许是累了，也许是被这寂静的梨园诱惑，困意像风一样把我推向了那张整洁的床。

迷蒙中，我变成一株梨树，几只蝴蝶姗姗飞来，落在我的头上和肩膀上。蝴蝶忽然变成了梨花，梨花一会儿就成了大大小小的梨子；梨子落地，长成了一大片小树苗。一场春雨过后，小树苗上开满了梨花，蜜蜂采花，蝴蝶起舞；一个须发如雪，长衫马褂，手持拐杖，仙风道骨似的老者向我走来，凝望着我，坐在我裸露的根上，背依着我，竖起拐杖敲打我的梨子，我被他压得几乎喘不过气来，被敲得“哎哟”一声，醒了。

被子盖在了我的身上，颈下放上了枕头。记得我不曾动过他的被子和枕头？看来我睡得够沉的。

走出茅屋，四下张望，依然没有人的影子。几步一回头地往回走，期待能见到茅屋的主人，回去说一声谢谢！依然没有人的影子，直至我和茅屋，都淹没在花的海洋里。

（原载2015年《散文百家》第1期，高中作文－众力美文网、中国知网－吾喜杂志网站等转载）

相遇杉荷园

从梨园湾向东一公里左右，有一处杉荷园。

园区有池杉林零零散散近二百亩，有连成片的荷田近万亩。我想，那景色一定甚为壮观：不说高大的池杉林，就那近万亩连成片的荷田，在这盛夏的烈日下，那些红的、粉红的、洁白的荷花，在一片片油纸伞似的荷叶呵护下，微风吹过，会是什么样子的景色呢？

经不住想象的诱惑，顶着如火的烈日，我驱车去了杉荷园。

几年前我路过那里。原先有几户农民见藕的市场不错，且高产，就改了稻田为藕田。几年下来，发展成了这万亩荷园。原来通往田间的都是土路，随着乡村游的发展，城里来观荷田、赏荷花的人越来越多了，政府就把通往田间的土路铺成了柏油路，架设了路灯，开辟了停车场，建起了游客服务中心。

就这笼蒸火烤似的盛夏，也挡不住城里人来采莲蓬，看荷花。

沿着柏油路，我将车子向荷田的纵深开去。在一片荷花稠密，荷叶茂盛的荷田边停了下来。

沿着杉树林荫下的田埂，我信步向前，边走边看。放眼眺望，绿的云绸上绣满五颜六色的花朵，微风吹过，亭亭玉立的荷花，在楚楚的叶子配合下，像一对一对舞者。

田里的水浅而清澈，能看清芝麻粒似的浮游生物在随心所欲地横行。老的荷叶深绿且有了皱褶，像婆婆的手背，粗糙地爆满长长短短的青筋。嫩的刚伸出水面，长长的秆子上，顶着个西部牛仔头上卷檐帽似的叶子。有的荷花已结成了莲蓬，有的正在怒放，有的像青涩的桃子，羞羞答答地藏在荷叶下。

令我惊喜的是，举目望不尽的荷田里，不论是老的还是嫩的叶心上，都有一颗大小不等、晶莹剔透的水球，随着风的作用，在叶心里和叶子一起摇来晃去。美的是，不论风怎么吹，叶子怎么东倒西歪地晃动，那水珠子魔一般的，滚来滚去，就是滚不出叶心。我一边惊叹着眼前的神奇，一边在想，这是荷田献给我的魔术，还是昨夜那场雨的杰作？

荷田出奇地静，万余亩的田里，听不到一声蛙叫，那么多高大的杉树，竟没有一只知了。

边走，边寻找田间是否使用过农药的物证。

若说农药害了青蛙，水中的那么多浮游生物做何解释？若说知了被蛇或蟾蜍吃了，也不至于没一个逃生的吧？

独步荷田，却莫名其妙地想着这些生态链。

也许是水太热，也许是风太燥，知了和青蛙，为了避暑，不便于高歌？这是可能的，就这么自我安慰着。

三伏天，婆婆脸，说变就变。刚才还骄阳似火，忽然就乌云陡暗；雷声，闪电，狂风，不约而至，一起压了过来。我赶紧向车子跑去。

雨，跟着就下来了。正待我准备欣赏狂风暴雨下的荷田会是什么样子时，后车门突然被拉开。

师傅，借爱车躲躲雨行吗？

人都上来了，还问行吗。“好的。”我说。

后视镜告诉我：她，年龄不大，姿色不错。

“也来采莲蓬的？”我说。

“不是，来检查的。”

一个人检查？我正想说什么，她递过来一张名片：某农产品公司总经理。“我基本上每个星期都要来一次。”她说。

“来查什么？”

“主要查农户有没有在藕田施农药。”

她告诉我，莲藕现在越来越受到消费者青睐，它不仅营养丰富，有药用价值，再加上无公害，市场前景非常可观。

“农民受益怎么样？”

“受益不好能发展这么快？”她反问我，“基本上是一亩藕顶十亩粮田。”

“既然有市场，又高产高收益，应该鼓励农民向莲藕特色小镇发展。”我说。

“不是所有土地都适合莲藕的，”她说，“莲藕只适宜黏性的淤泥，便于生长采挖，沙土地见水会板结，就不适宜莲藕种植。”

“你的收益一定很可观吧。”我说。

“农产品保鲜比较困难，因此要快进快出。刚开始做的时候没有经验，因等市场，一次亏了十多万元，差一点寻短见。但我按约定，没欠农民一分钱。”

唉，商场就像这水下的藕塘，你看不着、摸不准它的产量。人生也像这一年四季，有荣就有枯的季节，有热就有冷的日子；关键是看你如何去调节，如何去适应。

雨，来得快，去得也快。我们一起从车里走了出来。我说送她，她说她的车就在前面的停车场。

望着她远去的背影，我忽然想起了陈志岁的《咏荷》：“身处污泥未染泥，白茎埋地没人知。生机红绿清澄里，不待风来香满池。”但愿她娇小的身躯，能在商场这个大泥潭里，搏出一片清新的天地。

[原载 2017 年 8 月 25 日《扬子晚报·繁星》副刊（有删节）。手机凤凰网、手机网易网、搜狐·文化等网络转载]

相约千鸟园

请手机导航至宿豫区千鸟园。

晚饭后，我刚到家，参与江苏省作家协会宿豫采风的文友，约我出去逛逛，我便约他去了千鸟园。

四月的千鸟园，处处有花儿相随，有绿叶相伴。在花儿和绿叶的伴随下，我们沿着园区里的小河边散步。

“你是人间四月天”。这是林徽因的名言。抛开她诗的内涵，这一年四季，最美的还真是四月天：不说她不热不冷的气候，走出家门，举目苍翠，遍地繁花茂草，人的精神和这个季节里的万物一样，一派生机。

取名“千鸟园”，是宿豫人民对人与自然和谐相处，对优美生态环境的向往。千鸟园之基原本是一片荒滩良田。1996 年，原县级宿迁市升格为地级市，便有了宿豫县，也就有了千鸟园。2004 年宿豫撤县设区。作为区政府门前的广场千鸟园，历经几届县、区委政府的修建、调整，见证了宿豫区的发展和兴盛。

夜幕下，灯光映在小河的水面上，偶尔有小鱼或青蛙的跃动，搅起水面微微的涟漪。

我们既不聊生活，也不聊文学，沿着脚下的小河，不紧不慢地逛着。边逛边说城市与河流的故事，边逛边说千鸟园的前世今生。

脚下的小河，若追溯而上，1996 年前，它是农田里的一条既能排也能灌的小渠沟。当年县政府选址在这儿时，渠沟与规划不合，就把它填平了。恢复它现在清如许的原貌，是去年对千鸟园的规划做进一步完善调整画出的意境。

城市若没有河流，也就没有了灵性，也就失去了城市发展的见证；如南京的秦淮河，上海的苏州河。它不仅见证着一座城市历史的兴衰，也流淌着这个城市说不完的故事。城市与河流，就像人的肉体与血脉完美地结合，才有了灵魂和靓丽健康的生命。

千鸟园东西南北基本上呈正方形。园子的西边是一条南北路。十年前我在单位上班，没事时，会到路边逛旧书摊；或蹲下来，和摆棋局的老头儿争个高低。那时候的千鸟园，既是休闲娱乐，跳舞健身的广场，也是一个小市场，园内和路边，吃穿家用的物什，基本上白天晚上都有卖的，也有买的。如今再次完善修建后，有图书室、电视休息室，园区内只可以健身休闲。

“十年前，这路边有二三个旧书摊。”我说。

“知道我为什么爱到这儿逛旧书摊吗？”

他笑了笑说：“不要卖关子啦，我也有这个嗜好，一是淘宝，看有没有既便宜又喜欢的旧书，二是看有没有被人家当废纸卖了的，又被他们收来再卖的我自己的书。”

我拍了拍他的肩：“我逛旧书摊，不仅是为了淘宝，主要是我的文友，宿豫区作协主席周永文告诉我，他在南菜市的一个旧书摊上，买到了我的一本散文集《城市的夜色》，那以后，我比以前更关注旧书摊了。”

不知不觉间，眼前出现了一个“驿站”。正好，我们都想找地方行个方便。

走进驿站，不知从哪儿飘出“燃香”的芬芳。驿站洁净的环境，感觉像走进五星级酒店。驿站呈“7”字形，不论男女，走出洗手间，都可以进入休息室。室内有图书：文学的、饮食的、服装的、科普的等。在外面广场舞跳累了，到这里想看书的看书，想看电视的看电视。真的累了，就在椅子上躺下来，眯一会儿。

走出驿站，我们好一会儿无语。

我们俩的童年正赶上三年自然灾害，别说这么高级的洗手间，别说跳舞健身休闲，一年到头，哪怕就饱饱地吃一顿大米饭，那都是做梦的事。那年代，路边有一泡牛粪，大人们都抢着去拾，为的是交到生产队多换点工分，多分点粮食。

说着说着，我们走近了区政府。

“你们区政府怎么没有大门和围墙？”

“原来是有的，去年冬天拆掉和千鸟园广场一起进行完善修建，为的是和千鸟园广场连成片，让市民有更广阔的休闲空间。别说区政府，我们的政府机关基本上都没有围墙，你看。”我的手指向对面。

我们正聊着，突然被迎面走来的一个年轻母亲爽朗的笑声打断：“宝贝，你真会说话，咱们的区领导心里真的是时刻想着老百姓，拆了政府大院的围墙，为老百姓建休闲广场；你看，这小桥流水，亭台楼阁，多漂亮，我们娘儿俩还真有点像刘姥姥逛大观园呢。”

春天，在你不知不觉间走到了你的眼前。被严寒束缚了一个冬季的人和大地，要在这温暖如母亲胸怀的四月天里，来一个舒筋动骨的伸展。

一年四季，春如童年。她阳光明媚，清纯烂漫。在这明媚烂漫的季节里，所有的花儿尽情地出彩，所有的草木都绿得油光灿烂。说“人非草木，孰能无情”，这对草木不公平；草木和人一起感知着春夏秋冬，它们在用五颜六色的生命，陪伴着我们在每一个忙而有序、日益美好的日子里一起同行。

我们基本上围绕千鸟园转了一圈。

年轻母亲的笑声，呱呱的蛙声，敲击着夜空的宁静。我邀他去小酒馆，想弥补一下晚饭没有酒的遗憾，他说："不用了，留一夜清醒好好睡，明天到你们的梨园湾再相会。"

（原载《江苏作家》2018 年第 3 期，今日头条、速新闻转载）

知足是福

湖边那条旅游线路开通后，只要有闲暇，我就开车到湖边去。停好车，沿着水边的便道，没有目标地随便走走。

沿着水边走走，其妙处不可言喻。大概可以享受到的是：眼清净，耳朵清净，心灵清净。即便有声音，那也是风吹杨树叶子的沙沙声，水拍石岸的哗哗声；有碍眼的，那也是风吹垂柳婆娑的舞蹈，老翁伸向水面的鱼竿。

静静的心，望着净净的湖面，空空的，什么都不去想。

这样的心境，得益于那个钓鱼的老翁。

老翁姓蔡，我叫他蔡老伯。他的家就在湖边。祖居就在这湖里。解放前，这湖是半年干，半年涝。解放后，政府把湖里的几万人搬迁出去，分散到周边的各个乡镇，湖就成了水库。他的家搬到了与湖一河之隔的京杭大运河南岸。虽然只一河之隔，可他就是不习惯，不说久远的，就这条旅游线开发之后，他们原先住在湖边的那个两檐到地的马鞍棚子被拆了，他还是不回河对岸那砖墙瓦房小院里住；左寻右找，在这片树丛茂密，不惹人注意的地方，搭了个窝棚，老两口住。老伯今年九十一岁，老伴八十九，用他的话说，“这儿清净，眼不见不烦，耳不听不烦；住的空气好，吃的绿色环保，就图个身体好，啥病都没有。”

去年夏天，我顺湖边刚走到他的马鞍棚子跟前，忽然来了一阵雷阵雨，把我淋进了他的棚子。棚子有二十多个平方。从外面看很简陋，里面却打理得很干净；床上的被子叠得板板正正的，桌椅板凳，锅碗瓢盆，擦洗得整洁，讲究，一看就知道，老两口是个有条理的人。

那一天，我从蔡老伯的棚子里走出后，好像悟到了什么。

老伯给我说，他差一点死在日本鬼子的手里。一九四一年的夏天，那时这湖里满是芦苇，一百多个抗日游击队员住在这湖里。湖离县城很近。不论白天还是晚上，只要有机会，那些游击队员就出去打鬼子。为清剿这一百多个游击队员，鬼子几次进湖扫荡，每次进湖，不仅找不到一个游击队员，搞不好还要贴上几条鬼子的命。你想，这上十万亩的大湖里，满是芦苇，找一百多个游击队员，那还不是大海捞针？虽说湖中的一些小岛上有些人家，那也是前庄望不见后庄，他们老远看到鬼子来就跑了。鬼子气得不行，就派几个汉奸，穿着老百姓的衣服来湖里打听情况。那次也该命大，当时我十多岁，正准备进湖逮鱼，一个三十多岁黑不溜秋的男人问：“知道张道华住在哪个岛上吗？”我望了望他，没说话；他又说：“我是他表叔，他的母亲病危了，我来找他回去一趟。”

张道华是游击队长，湖里大人小孩没有不知道的。因为那几个都穿着老百姓的衣服，我就没在意，“知道，我带你去。”离张道华的驻地还有一里路左右，向我问路的那个人后边的几个，叽叽咕咕地小声说着什么，我离他们有点远，听得影影绰绰的，再仔细一听，好像是说：“抓到张道华，鬼子赏一千大洋，打听到驻地赏伍百。”我一听就慌了，紧走几步，猛地钻进一个连片的芦苇里，没命地跑。那个问我路的不知怎么回事，一个劲地问我去哪里，叫我回来。我边跑边喊：“鬼子汉奸来啦，鬼子汉奸来啦！”我一喊，他们也慌了，就朝我跑的方向开枪。枪一响，我就趴在了地上。

过了几袋烟的工夫，听不到什么动静，我想他们可能走了，就去岛上把这事告诉了游击队员。他们说，这儿我们不能住了，赶紧转移。那以后，我也参加了游击队。鬼子投降后参加了解放军。解放后，退伍回家，被安排到县里的棉花加工厂。一九五八年，工厂减员，又回到农村劳动。边劳动，边弄了个小木船到湖里逮小鱼。后来，干脆在湖边搭了个棚子，以逮鱼为生，不干农活了。

老伯接着说：改革开放后，党的政策要求城市下放的户口，恢复城市户口；工厂下放的工人，回厂上班。老婆孩子都叫我去找找看，“你也算老革命了，找个饭碗好安度晚年”。我说：“找什么，一大把年纪了，又不识字，比那些死在战场的，我现在儿女满堂，大米饭浇鱼汤，我该感谢党。”后来，组织上派人来找，征求意见，问我是去上班，还是在家享受每个月几十元的补贴。我选择了补贴，说留个机会给年轻人。再后来，工厂停产了，工人解散了，他的补贴不仅没少拿，现在，每月涨到了一千多元。

“人那，要知足，凭自己的本事，能穿粗布蓝衫，就不要去眼馋别人的绫罗绸缎。和我一起当兵的，牺牲的就不说了，当官的有，犯错误的也有；没犯错误的现在也下台了。打这条路开通后，他们常来我这，吃我逮的小鱼，种的土菜，散养的鸡鸭鹅下的蛋。还说什么很是羡慕我；这些人那——，在台上他们从来没羡慕过我，我也不羡慕他们。现在他们“羡慕”我来了，我也不慢待他们。我有什么好羡慕的？就这茅屋草舍，很知足，知足就是福。”

望着蔡老伯满脸的皱褶，那皱褶浓缩着 90 多年的人生起落，听着他慢言细语的诉说，那诉说值得好好地回味和琢磨。

[原载 2015 年 5 月 22 日《扬子晚报·繁星》副刊（有删节），凤凰网、新闻频道－和讯网，网易新闻等网络转载]

养兰者说

走进三月，每一天都是赏花的好日子。不过，我不太喜欢在艳阳高照下赏花，倒是喜欢不阴不阳的天气里那些花的叶容花貌。因为，艳阳高照下，花的叶子绿得油光闪亮，花瓣的颜色也就有点太艳了，炫目；细雨霏霏的日子，阴沉沉的，那花上挂满雨水，泪珠似的，有点太沉重了，伤感；只有这不阴不阳的天，那花既不炫目，也不伤感，叶子和花瓣，浓淡得恰到好处的艳；养眼，养心，养性，养情。

周末无趣，走进花市。不说百花争春，也不说美艳满目，在一片偌大的绿都花海里，唯一片几十株兰花围成的那个圆比较抢眼。花师是一位七十岁左右的老者，见我走近，笑眯眯地和我打招呼：没事来逛逛？递我一支烟。

唉，闲逛。这兰花多少钱一株？

随你给，看有中意的没有。

他的兰花是单株散卖，不是盆装。我边拨弄花株，边检查花的根。历史上人们养兰花，都把精力注意在叶子和花上，很少有人想到根，而兰花的“命门”就在这根儿上。“这一株一盆的成活率比较低，要是一簇一盆，活的时间就能长一些，也好养。”我说。

他两眼放光，诧异地望着我：你懂兰花？

说不上懂，只是看电视上介绍过，我说。

他看我一眼，吸一口烟，漫不经心地说：你是个有心人。你说的那个叫“爷孙兰”。这兰花的根上有个芦头，芦头与芦头之间有一根茎——我们叫它“脐带”，这芦头与芦头就靠这根“脐带”连着。但要辨别辈分，不能只看芦头，要看叶子，在一簇兰花里，叶子的颜色最老的那一株就是爷爷，其次是儿子和孙子。这一盆里，只要这三个中有一个活着，其他的就死不了。不懂的，只知道把兰买家去，一年看花，二年看叶，三年看盆，根本不知道这“兰花养不过三年”的“魔咒”原因在哪里。

都说这兰花不好养，你弄它有几年了？我说。

十多年了，退休前育人（教师），现在育兰。兰花不是不好养，是他们不会养；兰花与人一样，怕死，不想死，不愿死；死，是人把她弄死的。因为他们不懂她，不知道她什么时候要水、要肥、要阳光雨露。其实兰花很好养，抗病能力也强，她百毒不侵，百虫不咬。你看，这叶子看似柔弱，实则钢韧，能切豆腐，切纸。这叶子一年四季挺拔清秀。真正喜欢兰花的人，养兰不仅是为了赏花，还喜欢这叶子。这叶子一年四季外柔内刚，一身清气，很有韵味。懂兰的人都知道，这兰有四清：神清，韵清，色清，气清。就是这个清正之气，很清雅。清是什么？清是一种境界，既是思想境界，也是生活境界。君子之风，山高水长，外柔内刚，一身清正之气。

我边选择兰花，边听他的絮叨。本以为他养兰花也就是为了赚几个钱，听着听着，觉得他还真的不一般：他从爱兰、养兰到知兰。说爱比较容易，养也许不太难，但要做到“知”，那是要一番功底的。

兰花并不像人想的那么娇贵，他说，千百年来，爱兰、养兰、不懂兰的人都怕兰死，无不娇生惯养；捧在手里怕热着，养在盆里怕冻着。其实，兰花不喜欢过娇生惯养的日子。兰就像人，粗茶淡饭养出来的是壮汉，精米细面养出来的是弱不禁风的小姐。养兰不需要细土精肥，“闺阁亭台”地藏着，要的是“粗茶淡饭”、阳光雨露的自然。当然了，夏天你不能把她放在太阳下暴晒，冬天不能在十度以下的外面冻。要根据气候，适当地给予呵护。

这兰花是有品性的，他说。孔子说：“芝兰生于深谷，不以无人而不芳；君子修道立德，不为穷困而改节，君当如兰。”郑板桥爱兰、画兰、写兰，他说：“凡吾画兰、画石，用以慰天下之劳人，非以供在安享之人也。”他认为：“天地间第一等人是农人。农人皆苦其身，勤其力，耕种收获，以养天下之人。若天下无农夫，举世皆饿死矣”。“一片青山一片兰，兰芳竹翠耐人看。洞庭云梦三千里，吹满春风不觉寒。”养兰要养出品位，养出境界。这养兰如果把兰花只当花来养，那就没有什么意义了。养兰之人，要有兰心。

你说的是“兰心蕙质”，兰花的品格吧？我说。他又看了我一眼，吸一口烟。我把一株选好的兰花递给他，同时递上五十元钱。他犹豫了一下，推了推我的手，摇摇头，示意不收钱，又递给我一支烟。

兰不仅品格高雅，亦蕙心秀质，清高孤傲，他说。“莲花过雨清宜画，兰箭临风韵似诗”，不仅写出兰的风骨，还“此花解得灵修意”写入禅意。历来文人墨客均把人的品质与兰花的秀质相比拟。兰花貌不惊人，但却本分、内在，“深林不语抱幽贞，赖有微风递馨香”，无论在静寂的山野，还是在喧闹的城市，“空谷佳人”总是以文静和简朴示人。兰“禀天地之纯精，抱青紫之奇色”，她不浓妆艳抹，更无俗态媚骨，她的诱人魅力在于“富贵者爱牡丹，隐逸者爱菊花。清雅孤高者爱兰”的比照。她看上去简单、素洁、清幽，秀逸天成，但却给人孤傲不屈的感觉。这与中国人所推崇的洁雅、质朴的情操确是一脉相通的。也许这就是大家喜欢兰花的一种原因。

你说的已不仅仅是兰花了，是兰文化。真正的爱兰、知兰者，对兰花的欣赏已远远超出兰花的本身。“一株兰草千幅画，一箭兰花万首诗。”

她已经与文学艺术和人们的道德情操融合在一起，我说。

“送你一株花，常来聊聊兰”，他说。我握着他伸过来的手，拿着他的兰花，也带走了他的兰文化。

[原载2016年2月22日《扬子晚报·繁星》副刊（有删节），网易新闻、新闻频道–和讯网、枞阳在线等网络转载]

新的一天

只要不是雨雪天，每天早晨四至五点钟醒来，我都能听到“唰、唰”那宛如天籁的声音。但那不是风和树叶做出的声音，那是扫帚、马路、落叶共同摩擦出来的协奏曲。那声音在我听来，与风吹树叶“沙、沙”的天籁之音一样动听。

当我听到这种声音，我知道，新的一天开始了。

我是什么时候注意到这种声音的？不知道，连个模糊的记忆也没有。只要一听到这种声音，我就在想：今天该做哪些事，昨天还有哪些事需要今天进一步去完善……

初冬的一个早晨，我在那声音中醒来。不再有一点困意。洗漱完毕，我循那声音找去。

那声音就在我住的楼下不远处的马路边。昏黄的路灯下，一个佝偻着腰的男人，挥动扫帚，节拍匀称，不紧不慢地将路面的落叶、纸屑、烟头之类赶到一起。然后，去不远处推来一辆不锈钢做的，上面写着“环保车”字样的两轮手推车，把那些垃圾装进车里，再继续向前，完成他未了的工作。

我在他的面前走走停停，想观察观察他的年龄和容貌。他对我视若无睹，继续他的工作。一顶鸭舌帽，一个大口罩，几乎把他的头发和面颊全部遮住；上身的“黄马褂”工作服，肥大而宽阔，挂在他瘦小而不到一米七的个头上，很不协调。只有腰间系着的那个香烟盒似的音乐盒，唱着的流行歌曲，能流露出他的表情和快乐的心境。

他扫他的马路，我在他的后面几乎是原地踏步似的小跑着，锻炼身体，驱除寒意，同时也在等待他露脸的机会。又向前扫了几十米，他停下来，两臂舒展一下，坐在路沿石上。摘下口罩，掏出烟来点上一支，深深地吸了一口，然后吐出一团烟雾。我走近他的身边 ，蹲了下来。他歪头看了我一眼，依旧视若无睹，表情很平静。“老师傅，今年多大了？”他看了看我，“你看呢？”我竖起一只手。“好眼力，四十八啦”，他说。“辛苦你啦”，我说。“不是‘心’苦，是命苦”，他又吸了一口烟。“命也不算苦，还算有福”，他说。“有福有福，工资可有这个数”？我竖了两个指头。“杂七杂八的加一起两千来块钱吧。够吃够喝的啦；唉，关键是老婆孩子舒心，家和就是福啊，你说是不是？”他微笑着说，那微笑里，似有无限的满足。

他很骄傲于他的孩子。他给我说起他的儿子。他认为他的儿子不仅孝顺，还很有才。儿子在北京上大学，不论寒假暑假，只要他回来，就坚持帮他扫马路。他不同意，怕儿子遇到熟人或同学面子上过不去。儿子说，“爸您不要想得那么多，记得报纸上报道过，凉山（州）一个县的县委书记的妻子还是清洁工呢，我认为，这个城市和这个城市里所有的人，都应该因为有您这一群清洁工而感到骄傲和自豪。因为有了你们，才有了这个城市的整洁，因为有了你们，才有了这个城市的亮丽。你们是这个城市里最值得敬佩的一群人……说着说着，他抹起了眼角。我的眼里也湿漉漉的了。

他告诉我，他负责的是这条路 A 段到 B 段，近千米的路边店铺门前的所有环境卫生，哪怕是一片树叶、一片纸屑，都要在天亮前清理完毕，等待他的领导验收，等待天亮后，每一个走过路过的市民，每一个南来北往的过客，以及俊男靓女们的西装革履。

天渐渐地亮了起来。昏黄的路灯和他单薄的身影，一起消失在熹微的晨光之中。

［本文发于 2015 年 12 月 14 日《扬子晚报·繁星》副刊（有删节），网易新闻、新闻频道 – 和讯网、枞阳在线等网络转载］

春天，含笑走过

微微的暖风，吹不皱寂静的湖面。沿着水边走，脚下，细细的沙滩上，是水浪卷到岸边的，干枯了的水草。走在上面，软软的，暖暖的，甚是惬意。和着这催眠似的春风，既有梦的感觉，也有着朦胧的遐想。

水边，嫩嫩的芦苇已伸出水面，一些小鱼儿在芦苇、水草中追尾嬉戏。柳絮漫天飞舞，飘飘洒洒，落在地上似雪，落在水中如花。

三月，是休渔的季节，一望无际的湖面上，望不到一条捕鱼的船。没有船和网的杀戮，那些大小的鱼儿，得以尽情地嬉戏，缠绵，产卵。

这多情的三月，这妊娠期的三月，到处都给你以骚动的、生机蓬勃的感觉。

这是湖边的三月。湖边的三月，花前柳下，是休闲的，是抒情的，是闲情逸致的，是浪漫的，是属于痴情男女的。

这是农历三月末，一个风和日丽的上午，应朋友之邀来到骆马湖边，说是踏青。

相比之下，我是比较喜欢老家农村的三月。

农村的三月，是耕耘希望，是播种收获，是“汗滴禾下土”的三月。

我，说来说去，还是钟情于农村老家的三月。

每次回老家，都要到田间走走，尤其是春天。那田埂上盛开的野花，那浓烈而又无可替代的泥土的馨香，那气息纯净而又清新，孕育着丰收的田野，像突然醒来的沉睡了一个冬季的孕妇，那美，朦胧而清晰，丰韵而轻灵。

走在田间，感觉脚下的小路，亲切踏实而厚重。

路，还是田间的小路；麦苗，也还是绿油油的麦苗。不过，现在的田间小路，已不是四十年前的那条小路；麦苗，也不是四十年前的那些麦苗了。

四十年前的那条小路，从庄头生产队的大田地里，蛇一样弯弯曲曲地伸向远方。四十年前的麦苗，秃子的脑袋一样，成片成片的不立苗。现在的小路，是在棋盘似的方格子的田埂上；现在的田野，你只能看到麦苗，看不到麦苗下的土地。

与四十年前比，现在的繁华殷实同那时的清淡单纯比，我，忘不掉的是那时候的清淡和单纯。

找不回的，是四十年前的那条小路；烙在我心里的，也是四十年前的那条小路。

那条小路，通向我学会“清明时节雨纷纷”的小学。在那条小路上，我只知道路的这头是家，路的那头是学校。知道春天路的两边有很多的野花。夏天，树上有知了，田里有香甜又爽口的西瓜、小瓜。秋天，要去生产队收获过的大田地里捡漏下的山芋、花生；从不知道什么叫“踏青”。

在那条小路上，每年的清明时节，父亲一手拉着我，一手拿着铁锨，去给我的爷爷奶奶上坟。我在坟边采一些野花，插在父亲新添上去的土上。嘻嘻哈哈，不谙世事。

今天，拿着父亲留下那把铁锨的，是我。

父亲留下的，不仅仅是那把铁锨，还有一枚“八路军”的肩章，一枚省公安厅的二等功奖章。父亲没有说过这两样东西。这两件事，我是从二叔那里听说的。

父亲十二三岁就利用打油的机会，在油瓶塞子里给游击队送情报，后来参加了“八路军”。解放后，父亲转业到地方公安工作。

“八路军”三个字，是用无数先烈的白骨和鲜血写就的史诗，写就的辉煌历史。从枪林弹雨中走过来的父亲，从未给我们说过这些事。那枚二等功奖章，是一九五二年，父亲同想破坏工厂机械设备的一个敌对分子搏斗时获得的。

这两件东西，是父亲走后，母亲从他的遗物中找出来的。母亲说，“给他带去吧”。我说“不”，接了过来。

年年岁岁春如是。花依旧一样的红，柳依旧一样的绿。不变的是自然规律，没有定数的是人间闹市。

不论变与不变，不论高贵与卑贱，无可奈何，春天，就这样一个一个的，在每一个人面前含笑走过。而踏青，也许永远只是另类人的一种另类的时髦的生活。

（原载 2012 年 5 月 21 日《宿迁晚报》）

幸运草

一年四季，只要是好天气，我喜欢去运河大堤上走走，尤其是春夏时节，那儿比较野趣一些。不仅有水的流动，船的穿行，有时还能忽然发现一些从未见过的野花的芳容。我喜花花草草的，但不研究它，除了“月季、玫瑰”之类，大多数常见的花，我叫不出它们的名字。

随着文明城市创建的推进，昔日“雨天一脚泥，不是杂草就是芦苇”的京杭运河大堤，如今不仅“亮化、文化”起来，园子里也长满了新的“杂草”。离这儿较近的大妈大叔，晚饭后，三个一伙，两个一对，年轻点的，去跳广场舞；岁数大的，沿着公园里的健步道慢慢地溜。边走边唠嗑：“人老了，有个好身体比什么都重要。儿女虽好，可有了病不说得自己受，还难为孩子。”

最近，那长满各色“杂草”的大小的园子里，偶尔能看到一些苜蓿草。记不得有多少年没见过这种草了。它也开花，花分五瓣，雄蕊；有紫色的，有黄色的。我对它不仅记忆深刻，而且是深刻的饥饿记忆。二十世纪六十年代初，母亲经常带我去外公家。外公家的日子好像比我们家好过些，基本上没断过吃的。所谓没断过吃的，就是外公那儿的运河滩上，有一种长得很茂盛的草，每到春夏两季，牛羊吃了那种草，身上就来膘。大人们也就从牛羊嘴里找到了吃的——牛羊吃了肯添膘，人吃了也能扛饿。春天，人们割下这种鲜嫩的草，切成寸状晒干后，秋天用石磨磨成粉，来春青黄不接时，掺上少许的杂粮面，贴成饼子，填肚子度春荒。一次，外婆叫母亲去掐这种草的嫩头子回家炒吃。我问母亲，这叫什么菜？母亲说不是菜，是苜蓿草。

运河堤虽位于市区，却没有城市的喧嚣，因此，每逢星期天，年轻的情侣、学生来这里聊天、看书的还真不少。水台边，树荫下，她们叽喳叽喳的笑声，全神贯注看书的神情，我好不妒忌：青春的年华，盛世的国情，她们生逢其时。

一个大学生模样的女孩，用手机围绕几株苜蓿草拍照。继而又围着那几株苜蓿草，一片叶子一片叶子地找。那神情的专注、痴迷，以至于站在她身边，观察她很久的我的走近，都没有引起她的注意。“知道它叫什么草吗？”我说。听到声音，她一惊，直起腰来，羞涩地笑笑说：“知道，苜蓿草，也叫三叶草。”“你在研究它？”“我是学园林的。”“你是在找花蕊吗？还没到它开花的时候。”话刚出口，我就后悔了，人家是学园林的，我这不是班门弄斧吗？“不是在找花蕊，我是想碰碰运气，看能不能找到四片叶子的。”“四片叶子的苜蓿草？”草就是草，分它几片叶子干吗，我想；“这草的叶子多少有什么讲究吗？”我有点好奇。

这苜蓿草以三片叶子为主，四片叶子的苜蓿草传说是“幸运草”。只要找到了它，从你喜欢的那一片叶子算起，顺时针方向；第一片叶子代表真爱，第二片叶子代表健康，第三片叶子代表名誉，第四片叶子代表幸福。而三叶草它分别只代表“真爱、健康、名誉”，没有幸福。传说，四片叶子的苜蓿草是夏娃从天国伊甸园带到大地上的。所以这种野生的四叶草也就叫“幸运草”。能找到这种“幸运草”的概率，很难说是多少万分之一，因此，找到它就是得到了上天的眷顾；如能找到五片叶子的，甚至可以拥有统治大地的权力。女孩子若能找到这种“幸运草”，之后遇到的第一个异性，极有可能成为她的真爱。

“噢，真的有那么神奇吗？但愿不是‘迷魂草’啊！”我说。她没有注意我在笑，继续讲她的“幸运草”。

传说从前有一对恋人，他们真的很相爱，因为一件小事闹起了别扭，彼此互不相让。爱神看不下去了，化装成一个老者，悄悄地在对方面前各撒了一个谎：告诉他（她）对方会有难，只有找到四片叶子的苜蓿草才能挽救对方。双方听后都装作无所谓的样子，可心里都在为对方着急。那晚下起了大雨，但双方都在偷偷地冒着大雨四处寻找四叶草……四叶草没有找到，他们找回了爱情。

“有人找到过吗？”我问。“只是传说，”她说，“没听说谁真的那么幸运。如果能找到，我就对它进行人工繁育，然后，我们每个家庭都栽上一株‘幸运草’”。我们边走边聊。她那稚嫩的笑容和那很投入的表情，让我觉得自己仿佛和她一样年轻。

而我却想起了苜蓿草的饼子，那难以下咽的痛苦。

祈愿那痛苦永远停留在我们的那个时代。

（原载《连云港文学》2017 年 11 月刊）

三台山的秋色

初秋的天气，早晚虽有些寒意，但一天中大部分时间里，日头还是火辣辣的。一夜秋风，眼前便多了些颜色；发黄的落叶，枯萎的小草，萧瑟的白杨树……，于是便想道：古人怎么把十月之秋和“小阳春”扯到了一起？先不说春的绿是油光闪亮的嫩绿，就是花的颜色吧，春的花，那是鲜艳夺目，养眼悦心的娇花。而十月的绿，那是皱巴巴的，阴沉无光的老绿；十月的花，即便也很鲜艳，那也似涂脂抹粉，毫无光泽，没有活力的老妪。还有这风，这气温；春的风，是懒洋洋醉人的风，春的暖，是“春寒料峭”的寒中带暖。而十月的风，是清爽提神的风，十月的暖，是火辣辣的暖中带凉的暖。所以我认为，这“十月小阳春”之说的这个“春”字，值得商榷。

听说“家门口”的三台山新开发了一个景点，叫“衲田花海”。周末闲暇，偕家人前往一赏。

衲田花海，先不说它在这秋意渐浓的季节里会有什么好的景色，就这“衲田”，已颇觉“新鲜”，——莫非这田地，也能像母亲纳鞋底，纳鞋面一样，把大大小小的、一片一片的、花花绿绿的地，缝缝补补地“纳”

在一起？一路走来一路在遐想。

纳鞋底，在家务活中，那是一项又累人又复杂的工程。四十多年前，我和父亲穿的鞋，都是母亲一针一线纳出来的。那时很穷，家里有些破衣服或碎布片，母亲是舍不得扔的。她把这些“宝贝”存放在一起，等到农闲时节，天气晴好时，就把那些补得不能再补的旧衣服拿出来，拆好、洗净、晾晒。用面粉打好糨糊之后，将吃饭的桌面洗净晒干；先把糨糊在桌面上淡淡地涂上一层，然后，将那些碎布片一片一片地粘贴上去。如此一层糨糊一层布，反复粘贴上若干层。因是拼凑的，那布片长条的、方块的、三角的，那颜色黑的、白的、粉红的、淡蓝的，每一层都是花花绿绿的，父亲说：“你妈在做万国旗。”“万国旗”晒干后，揭下来，再粘贴。我们这儿管它叫“打袼子”（袼褙）。这是做鞋面、鞋底的第一道基础工程。

“衲田”？莫非也像“纳鞋底”前“打袼子”一样，把花花绿绿的地往一块拼凑？

带着好奇和疑问，坐上三台山公园管理部门的观光游览车，跟着导游向“衲田”进发。

“衲田花海”位于三台山森林公园东首。据看过的文友说，甚美，“远近高低各不同，一步跨入花海中”。若情男长衫马褂，痴女水袖凤冠，于“衲田”演一出现代版的“梁祝”，包你身体和灵魂一起飞入仙境。

车子在百年的苍松翠柏间，忽高忽低地爬山坡、穿林海、过拱桥。桥下流淌的水，是引进的清清的骆马湖之水。葱翠茂密的山，是深林密布，秋阳初照，薄雾袅袅的三台山。

导游说，“在三台山深呼吸一天，能年轻一岁；在三台山生活一年，能长命百岁”。

“我已过不惑之年，给你签一个合同，到一百五十岁时给你一百五十万。”一个同游者说。

“那你要先给钱，一百年后，你若成仙驾鹤西去，我也追不上你呀！”导游说。

说说笑笑，“衲田花海”已到。导游说，“衲田一词属宿迁首创，“衲”，取“缝补，接收”之意，将近八十余种全国各地的名花分布于两千六百亩的六百三十一块田中。巧妙利用山坡之丘陵地形，汲取南方优雅秀丽、北方粗犷雄浑的田相；南北融合，形成新的田地肌理；多种形式汇聚，呈“海纳百川”之态相。“衲田”之“田”即为花，花作于田中，非普罗旺斯薰衣草之纯色迷人，非洛阳牡丹之富丽华贵。衲田，独树一帜，一种独特的田园清新之美向你扑面而来。漫步田中，或聆听一首歌曲，或欣赏一朵鲜花，于朝阳中等候晚霞那一弯彩虹。在没有目的，没有功利的纯净中，净化心灵，愉悦心境。”

导游词也还不赖，有点诗情画意。我边听边在欣赏那条于花田中高低起伏，首尾不见；像龙，像虹，也像溪的“衲田廊桥”。若在那廊桥上散步、赏花、观田，也许会享受到另一番视觉之美。

三台山森林公园十二点七平方公里。园内有镜湖、晴翠湖、相思湖等大小湖泊十个。公园前身是一九五八年成立的国有嶂山林场，早期以生态保护、修复为主。二〇一四年宿迁市政府投资四十亿人民币，对园区的湖泊、道路、寺庙等景点进行提质改造，“衲田花海”是其中的一部分。

人在花中徜徉，诗在心中吟唱；衲田花海，层峦叠嶂。万花锦簇，大地云裳。朝阳暮霭，秋色荡漾……

思绪与漫长的廊桥一起伸向远方：我们告别了缝缝补补的日子，花一样甜美的生活，就像这多姿多彩的三台山的秋色，在和煦中温馨着岁月。

（原载2017年无锡《太湖》第4期）

第五辑　行者·风景

夜色中的枫桥

知道苏州的枫桥和寒山寺，是因为张继的《枫桥夜泊》。为此神往久矣。

到苏州的头一件事，就是去看枫桥，看寒山寺。其他的都在其次。

虽是晚上9点多了，我还是带着晚饭后淡淡的酒意，在胥城大厦门前要了个的士。这个晚上苏州的夜色并不美好，天阴得浓浓的，雨好像已悬在半空中，说下就要下似的。

去枫桥多远？我问司机。

起步价吧，他说。

也许是天气的原因，去枫桥的路上很冷清，没有往来如梭的车辆，也几乎看不到行人。当车子离开市区拐向枫桥方向的时候，路上就更冷清了，只有湿湿的暖风卷着落叶在车灯前滚荡。

的士司机一直把我送到枫桥头。

喏，这就是枫桥，他说。

我来过一次枫桥，那是一九九三年春天的一个下午。因急着赶路，来得仓促，走得匆忙，就没有好好地看一看枫桥，看一看寒山寺。

枫桥与寒山寺比邻。橘黄色的路灯，照着橘黄色的寺墙，在给人以佛门圣地森严的同时，也给人以神圣的冷清。紧闭的寺门，关不住寺内的钟声，也隔不断路灯下枫桥边那纤纤的垂柳伸向寺院的倩影。湿湿的暖风，一阵又一阵地吹拂着低垂而沉重的柳丝，这倒显得，那轻飘飘洒在柳丝上的橘黄色的灯光，亦觉得沉重了。

寂静的枫桥，在这沉重的氛围中愈加寂静。只有偶尔从桥下传来的哗、哗、哗拍打着石码头的水声，似在吟咏《枫桥夜泊》的诗情。

我点燃一支烟，毫无意识地向枫桥走去。

夜色下的枫桥，真的就这么冷清？我沿着石板铺就的台阶，望着桥对面的“枫桥风景区”的大门，一步一步向桥上走去。于忽扬忽垂的柳浪中，见一对20多岁的男女正两情依依，旁若无人地倚在桥栏上窃窃私语。

我轻脚轻步地走过桥去，在桥头一棵垂柳下的草坪上坐了下来，想让思绪在燃烧的烟蒂中，去追寻那个夜晚停泊在这儿的那条古船。

残月下的古船，船头站着一个布衣打扮，面带愁容的七品芝麻官，他望着那轮渐渐落去的残月，似乎就像他人生的仕途，随着无情的时光一起在渐渐地消逝。残月、霜天、乌啼、寺钟，一片凄凉的夜色包裹着一种凄凉的心境。无奈之中，唯有江风渔火和无边的愁绪，伴着他和那条飘摇的木船相拥而卧。

功名进士至盐铁判官的张继，其官阶也就是现在的县区级。因其品性“调与时人背，心将静者论，终年帝城里，不识五侯门”。行走江湖没有护官符，再不登五侯门，如此不谙逢迎权贵之道，纵使“博览有识，知治体”，上级“说你不行你就是不行”；最后落得个“世难愁归路，家贫缓葬期”，死后连送回家安葬的运费都付不起。

昔日的同窗已状元及第蟒袍加身，正在灯红酒绿、高朋满座、绫帐佳人中享受着人生之快乐吧。而这凄凉的寺钟，却在无情地敲打着他如霜的心境。

也许这样的一个凄凉的夜晚是天意，也许那凄凉的钟声就是灵性。

在这个凄凉的夜晚，它将一个凡俗的生命化作了永恒，冶炼成一颗闪烁着智慧而又永不冥灭的星照耀在人类的时空……那首千古绝唱——《枫桥夜泊》诞生了。

昔日的那些蟒袍玉带，早已裹着荣耀一时的尸骨，被历史的风尘荡涤得渺无踪影。而在那个凄凉的夜晚诞生的那首千古绝唱，却在枫桥获得了永生。如今这永恒的生命，就像这枫桥边寒山寺院内的一花一草、一木一土，活得越来越葱茏，越来越茂盛。

日日月月，岁岁年年，熙熙攘攘的游客，谁能说他们中，哪个不是因为你当初的那个夜晚，在这儿吟咏的那首绝唱而来的。

“月落乌啼霜满天”的那个夜晚，是寒山寺的荣幸，是枫桥的诞生，是张继的永恒。

（原载 2020 年 4 月 1 日中国作家网·团体会员《宿豫文艺》作品集）

山楂树人家

古塞之外兴隆县，蓝天，白云，青山。蓝天蓝得通透，白云白得温柔，青山青得苍翠。一只鸟儿从头顶飞过，也能看清羽毛的颜色。这些本应属于我们的大自然之美，如今对内陆工商业发达地区的人们来说，变得奢侈而难得。

这是一个晴好的天气。中国作家协会雾灵山创作之家通知："明天自由活动"。我们夫妻二人相约，就近选一座山，来一次"深山也许有古寺"的探访。

雾灵山位于承德市兴隆县境内，明代以前叫伏凌山、五龙山。传说：明洪武年间，丞相刘基（字伯温）巡视边陲重镇曹家路时登临此山，行至半山颇觉劳累烦热，歇于一巨石下，忽一阵凉风袭来，疲劳顿消。举目远眺，山中云雾缭绕，梵音袅袅，宛如仙境，一时兴起遂提笔书"雾灵山清凉界"。自此雾灵山得以"正名"。

"天下名山皆为僧人所占"，雾灵山也不例外。清代以前山中建有云峰寺、钟鼓寺等诸多庙宇，"有僧道万余人"，香客摩肩接踵。如此风水宝地躲不过当朝皇帝的眼睛，清顺治二年，雾灵山被划为清东陵"后龙风水禁地”，圈禁260多年，至解放后，才还山于民。

我们就“雾灵山创作之家”座下，选了一座既不太高，也不陡峭的山峰。

一条够一人独行的小路，在山楂林里逶迤地不知伸向何方。漫山遍野，清一色的山楂树，有的看上去已有些年头，有的是几年前才栽的。花期刚过，小手指头大的山楂果，三个一组，五个一撮地长满枝枝丫丫。老树老得沧桑，小树长得茁壮。我们俩一前一后地走着，一边走，一边不停地低头弯腰躲着树枝树叶，还要一边小心地提防着：可别有野兽，可别有毒蛇。

“山清水秀美如画，兴隆山楂甲天下！”其名扬之海内外，其果实获国家地理标志证明之商标。早在明嘉靖年间，兴隆山楂就被列为贡品。就是现在北京城里卖的“冰糖葫芦”，也只有兴隆的山楂果能做。据说，因其果实除富含蛋白质、脂肪、碳水化合物及钙、磷、钾、铁等矿物质外，还含有较丰富的胡萝卜素、硫胺素、核黄素、烟酸、抗坏血酸等多种维生素。更可贵的是，其药用价值不可小觑：有散瘀、消积、化痰、解毒、止血、防暑降温、提神、清胃、醒脑、增进食欲等功效。如此珍品，可惜我们来得不是时候，既错过了花季，也未尝到佳果。甚是遗憾。

山，静得向熟睡的婴儿，没有鸟叫，没有莺啼，连风儿也杳无踪迹。妻说“有点瘆人”。我鼓励她“无限风光在险峰”，再往前走走。

正说着，一声咳嗽下了我们一跳。抬眼望去，我们已走到两间草屋前面。

两间正屋，一间偏屋。石头垒的墙，上面苫着山茅草。一条小溪从屋后流过。老爷爷正在补柳条筐，老婆婆在洗青菜。见我们来，老爷爷陌生的眼神带着微笑，顺手递过两个木凳子，婆婆也笑笑，不说话。我抽一支烟递给老爷爷。“哦，哦。”他笑笑摆摆手。“他是哑巴。”婆婆说。我顿觉愕然，在这深山老林里，和一个哑巴过日子，那是个什么样的日子？！老爷爷有一米八几的大个，看得出，年轻时候是个英俊标致挺帅的小伙子。婆婆告诉我们，“他年轻时不聋不哑，是1945年被日本鬼子的炮弹炸的”。她们17岁结婚，结婚半年他就去当兵打日本鬼子去了。19岁在日本鬼子飞机扔下的炸弹里捡回一条命，落下了这个又聋又哑的后遗症。

从部队回来后，政府就派他们俩来守这座山，不给乱砍乱伐。那时这山上也没什么值钱的树，他们俩就把荒草刨掉，栽一些山楂树。1980年以后，政府把这片荒山划给了他们，但有一条，只能栽果树，不能做别的。经两个儿子、两个女儿全家五六年的忙活，现在这片山楂林有上千棵树，好的年景，一棵50年的树能结头二百斤的果子，现在的果子能卖10块钱左右一斤，一年收入上十万元。

正说得高兴，一个70岁左右的老头子，左手提着个竹篮，右手提个5斤左右纯净水的塑料桶，也不言语，径直向那间偏屋走去。

“俺家大儿子，给他大送酒和鱼肉来的。”婆婆说。

因为开荒种树，快九十岁的老爷爷两手关节都变了形，脸上也因风餐露宿留下了道道沟壑。但是，那种沧桑与满足，沉稳与慈蔼，令他的脸庞就如罗中立的油画《父亲》一样引人入胜。

年轻时候吃点苦没啥，过日子就像种地，要先种后收。人也一样，老来有福那才是福。就像这山楂树，没有我和他大年轻时出力流汗栽的树，哪来这酸甜可口的山楂果子吃，还有这一年上十万的大把的票子花。日子就像这山楂果，没有出力流汗栽树的苦，就没有这果子的甜。

跑了那么多地方，听了那么多专家学者的阔论高谈，也没听到一句像婆婆这么通俗、朴实而富有哲理的箴言。还是婆婆这句朴实的话更能发人深思呢。

［原载2015年8月28日《扬子晚报·繁星》副刊（有删节），2015年《特别关注》第11期、2015年《南国博览》第11期等期刊转载］

杭州踪迹（三章）

醒在北高峰

夜，在一声沉闷的雷声里睁开惺忪的眼睛。窗外，北高峰若隐若现在蒙蒙的细雨中。两根从峰顶上斜下来的索道钢丝绳，似琵琶的弦，拉得很紧；弦音，是又一声沉闷的雷鸣。

位于西湖灵隐寺景区内，北高峰山脚下的一个小院——中国作家协会杭州创作之家，也在这一声沉闷的雷声中醒来。

由中国作家协会资费安排，来自江苏、北京、辽宁、江西 4 个省市的八名中国作协会员和他们的夫人，将在这里度过十天的休假、交友、创作的快乐生活。

第一天自由活动。

我们沿着创作之家门前的路，左方向向前一百多米进入灵隐寺景区。两百多公顷的景区内，有景点、寺院三十多个，可谓三步一景点，五步一寺院。

不急不慢的毛毛雨，宛若小女子的金莲碎步，很符合西湖的情调。一把把雨伞，像一片片荷叶，飘荡在西湖的山水之间。

湿漉漉的空气，和着湿漉漉的脚步；边走边吟咏西湖山水的诗情画意，这也很符合感叹西湖之美的湿漉漉的心情。

路过韬光寺，寺门前的一块小木牌上有一副楹联：“事能知足心常惬，人到无求品自高”，与这山水，与这环境，与这寺院倒似切题。

切题似切题，说起来容易，做起来还有一段距离；难道和尚不想当主持，主持不想当方丈？这山中的寺院，与人间的庙堂，我看没有什么两样。

绕过灵隐寺，来到北高峰脚下。本来想坐索道车上去，听说当年毛泽东他老人家就是从北高峰后面步行上去的，于是大家来了精神，沿着盘山的小道，寻找他老人家当年登山的足迹。

山不算太陡峭。因我们来得早游人比较稀少，加之林木茂密，给人的感觉还是有点怵怵的。我们拾级而上，每上几十个台阶，都要停下来喘口气。同行的文友说：“这山怎么越爬越高？”“呵，你这是爬山爬累了还是爬出意境来了？唐朝诗人许棠说：‘信步上鸟道，不知身忽高。’我想，毛主席他老人家一九五三年初登此山时已经六十岁了，走的肯定是樵夫踩出来的山道，哪有这水泥、石板砌的台阶。”听我这一叨咕，大家抖起了精神。

雨，稀松地停了下来。北高峰真的是高峰，站在峰顶，灵隐寺、飞凤亭、桃花岭、扇子岭、美人峰、西湖等名胜，在欲雨欲晴的朦胧中尽收眼底。也因这欲雨欲晴的朦胧，那些美景更加令人憧憬。

“登北高峰者，不仅仅是因为北高峰的山高景美，还有两个目的，”导游说，“一是求官，二是求财。求官，毛泽东在世时曾三登此山，并亲笔留下一首诗。”顺着导游的手看去，亭子下的大理石碑上刻着毛泽东的手书；“三上北高峰，杭州一望空。飞凤亭边树，桃花岭上风。热来寻扇子，冷去对佳人。一片飘飖下，欢迎有晚鹰。”诗中的扇子就是“扇子岭”，佳人便是“美人峰”。求财，这山上的庙那可是天下第一财神庙，——在毛泽东的诗碑亭上面，果然有一庙，庙前的露天地上，有一笑口常开肚大能容的弥勒佛坐在那里，佛的手里托着一个小船似的金元宝。

灵验否？若灵，我们天天来拜，啥也不做，我说。

酒肉穿肠过，佛祖心中留，导游说。

下山时，因劳累加之有的文友腿不好，我们只有坐缆车。

坐在缆车上看一百多米下山坡上的茶园。“那一垄一垄的茶树像什么？”我问。“像一条条绿色的小溪。”北京的老张说。

我看似一根一根绿色的琴弦。你看，那老农腰间别着个音乐盒，一边除草打理他的茶园，一边在欣赏他的音乐。

走进爱情园

不知是多雨之秋，还是杭州之多雨，来到杭州五天没见一个完整的太阳。阴阴的天空，不是毛毛细雨，就是山雾朦胧。明天去沈园，不知这天可能赏个晴朗的笑脸。

沈园在绍兴。从灵隐寺景区坐车去绍兴，约一个小时的路程。路上，创作之家的老叶怕我们寂寞，给我们讲了鲁迅的第一次婚姻，讲了陆游与唐婉的爱情悲剧。

从鲁迅故居门前的小河里坐乌篷船去沈园，约七八分钟。

跨进沈园的大门，迎面一块巨石挡住视线，导游说叫“断云”石，由来是那石头顶端的纹路像一朵云，中间有一裂缝，曰“断云”石，含义是否如此，不确。

我说，不如叫“断缘”石，与此园更切合。

园内所有东西，除了这巨石和那葫芦池，还有那口老井是原汁原味的历史，其他均是山寨版，导游说。

太阳出来了，火辣辣的，这是几天来难得一见的。可我又觉得这太阳来得有点不是时候，因为，看着墙上陆游和唐婉的合词，心里酸酸的，眼眶也就湿湿的了。

我不想听导游背书，一个人到那像葫芦似的池边，呆呆地站在那里：这世上的私家花园千千万，而独这沈园，历经多个朝代修缮而声名不朽，这是爱情的魅力，还是那首千古绝唱《钗头凤》词的魅力？

两只白鹅，一前一后向我嘎嘎地游来。那是两只鹅，还是那对已故情人的代言？

公元一一四四年，两个相爱的人结婚了。两个有情人，婚后缠绵，耳鬓厮磨。婆婆看不惯了：如此沉溺于儿女之情，儿子荒废了学业，何言仕途？加之婚后两年无子，不孝有三，无后为大；棒打鸳鸯，你们离婚吧。

离婚后，陆游难违母命，另娶她人为妻，而唐婉亦另嫁绍兴名士赵士程。

十年后的一个春天，陆游来游沈园。恰逢唐婉和丈夫赵士程亦游此园。

葫芦池上的桥很长也很短。十年相思，隔池相看，不欢而散。

征得丈夫赵士程的同意，唐婉派丫鬟送来一壶黄滕酒，几个小菜，给那个仍在沈园发呆的表哥陆游。

黄滕酒，红酥手，才子一饮泪双流！酒在情中，燃烧愁肠，一腔哀怨挥笔向粉墙上，于是那首泣血的千古绝唱《钗头凤》，在春日的阳光里，熠熠发光。那光像雷、像电，在唐婉的心胸震荡，在她的眼前闪烁。面对粉墙，面对表哥陆游思念、哀怨的目光。“世情薄，人情恶，雨送黄昏花易落。”唐婉亦泣血挥笔合阙。

不到一年，唐婉在不停地念叨着表哥“错，错，错”的捶胸顿足后悔中怏怏而卒。时年三十岁。

嗣后约百年，那个大词人元好问的《摸鱼儿》：“问世间，情为何物，直教生死相许？”也许就是为陆游、唐婉写的吧？

我想沈园值得一看。看了沈园，正在相爱的人，彼此会倍加珍惜；

被爱所伤的人，会知道该如何去珍惜。

闲逛情人堤

相隔十年，再一次来到西湖。没来之前，已有了准备——了却十年前那个遗憾，把苏堤逛完。

如此向往苏堤，既没有什么依恋，也没有什么理由，要说有，那就是寂静的水面，桃红柳绿的堤岸，一个人把脑袋放空，清除一切世事纷繁，静静地在那里流连。这便是我时而喜山好水，耽于寂寞的性格之使然。

从杭州旅游图上看，“若把西湖比西子”，苏堤，就是“西子”臀部与腰之间一根花红柳绿的腰带。堤长约三公里，中有小桥六座。上一次来，那个导游说：“有时间一定要去苏堤转一转。苏堤又称情人堤，一对陌生男女，一起从堤的这头走到堤的那头，没有感情，有了爱情。”

触景生情——也许这便是苏堤的独具魅力之美。

因来得早，堤上游客寥寥。偶有赤膊的男子，在堤中间的游车道上健身小跑。

沿着湖边临水的小道，目视湖中的三个小岛，不急不慢地向前走去。堤上满植桃、柳、香樟和一些我说不出名字的花木。每棵古老的树上都有一个身份证。名木约千年，蕴藏着苏堤的内涵。

远观青山如黛，仰面绿叶如绸，低头赏花如炽；侧耳细听湖水和堤边岩石的窃窃私语。偶尔还有叽叽喳喳的一声莺啼。这些，便是西湖的容颜和西湖的语言。

远处，一片柳叶似的游船，缓缓地向我们划了过来。单桨划水的老者冲我们喊：要船吗，太太、老板！我朝他摆摆手，找一个面朝“三潭”的椅子坐了下来。

初秋的天气，淡淡的晨雾夹着些许的凉意。微风吹皱湖面，荡漾着散碎的浪花。迎着朝阳，每一朵浪花里，都有一个太阳，于是，整个湖面上，目光所及的地方，水面都变得金光灿烂的了。垂柳戏水，鱼跃水面。阳光下的西湖，山清水秀，尽显花红柳绿，这也许就是苏东坡说的："波光潋滟晴方好"——阳光下的西湖之美吧。

从堤的北头逛到堤的南头，约一个小时。

约九点钟的光景，一簇一簇的游客接踵而至。寂静淡雅的苏堤，一会儿变得老少云集，人声鼎沸。

西湖之美，已漂洋过海，据说，国内外的山寨版"西湖"已有几个。

斗转星移，世事难料。九百二十年前的今天，我想，别说苏东坡想不到，杭州的市民更想不到，——当年为了疏浚西湖，那些难以处理的烂泥就近在湖中筑成的这条堤，如今已不仅仅是西湖中的一道风景，更重要的是，她在西湖众多的景点中，是最吸引游客的一道最美的黄金堤。

也因这堤，当年苏东坡这个杭州太守，不仅没有被西湖之水荡涤，被历史尘埋，而他却和这条堤一样，越来越年轻美丽，越来越无法被历史和人们忘记。

"通守钱塘记大苏，取之无尽适逢吾。长堤万古传名姓，肯让夷光擅此湖。"这是一七五一年乾隆游西湖时说的。

（原载常州《翠苑》2013 年第 3 期。中国论文网、范文九九网"教育文库网站"、第一文库网"专业教育文库网站"、豆丁网等转载）

走进文游台

接江苏省作家协会京杭大运河文化采风通知，离去扬州报到的日子还有一周，我便开始准备行囊。女儿说，看你激动的，还有五六天呢。

是激动还是感动，说不清。因为，我与大运河有着无法割舍的感情：我的外祖父、外祖母，我的母亲都是吃运河水长大的；我的童年、少年，只要是过年过节、学校放假，都要去在运河边的姥姥家。尤其是暑假，一个夏天，摸鱼、摸虾、摸河蚌，运河基本就成了我的“家”。大运河不仅伴随我快乐地长大，也教会了我游泳，锻炼了我在浪里搏击的勇气。因此，我与大运河不仅有“血缘”，也有切肤之感。

我与大运河既熟悉，又很陌生。熟悉的是，那千年不息的运河水，还有那两岸茂密的芦苇。陌生的是，千里运河千百年来流淌着的故事。在那些流淌着的故事里，也流淌着唐诗宋词。“天下三分明月夜，二分无赖是扬州”，扬州，是千里京杭大运河的诞生地，也是唐诗宋词颂说千里运河的集散地。在那些唐诗宋词里，给我留下较深印记之一的“两情若是久长时”的秦少游就在高邮。既然到了扬州，那一定绕不过高邮，因为，高邮不仅有底蕴丰厚的“大运河文化”，还有两张令高邮人乃至扬州人骄傲的文化名片，——秦少游、汪曾祺。

2019 年 6 月 11 日早上八点，车子从扬州出发，直奔高邮。

一个多小时后，车子停在了高邮的“古文游台”门前。

“古文游台”是个石头做的牌坊，随行的扬州文友说“这是清朝康熙年间的”。我看那样子，倒有点像是近现代作品。

跨进“古文游台”大门，过了小石桥，便是文游台的正门。眺远望去，院子里站着一个人，该是秦少游吧？心想。走近一看，站立着的塑像下面的基石上，果然写着“秦观”。

古铜色的塑像：秦观，手握书卷，目视远方。远方，入仕的路既暗淡凶险，也不平坦。但远方的星空很灿烂，有一颗宋词婉约之星（秦观），在星空遨游了近千年，至今依然是那么灿烂耀眼。

随行的扬州文友介绍：“塑像是著名雕塑家严友仁先生的作品。你看他，握书卷，视远方，气宇轩昂；一股长衫掩不住的才气、灵气、傲气，透过望着远方的目光四溢。说‘风流不见秦淮海，寂寞人间五百年’，并非溢美之词。著名古典园林建造专家陈从周先生仔细端详后说：‘静中有动，动中有形，形中有神，神中有意’，是国内少见的古代人物形神兼备的成功塑像之一。”

秦观塑像的后面，便是文游台。

“文游台原叫‘泰山庙’，扬州的文友说。当年苏东坡在黄州（湖北）接到圣旨，‘量移汝州’，他意识到，由偏远的蛮夷之地调到靠近京师的中原（河南），这说明“乌台诗案”的风波可能已经过去。苏东坡心情大好。他本来打算由陆路经六合北上去汝州，听说秦少游第二次赴礼部试又未中，情绪低落，便改道从金陵（南京）过江，由大运河到高邮，专程来安慰开导秦少游。少游十分高兴，时值苏东坡好友孙莘老和王定国也在高邮，秦少游便把二人请来作陪，在泰山庙后面的高台（庙台）上煮酒论文，畅叙友情。广陵太守知道后，认为‘群贤相聚，必生佳话’，值得纪念，特地为此台写了一块‘文游台’的匾送来。自宋以来，此处便一直吸引四方文人学士前来访古拜贤。宋代诗人曾几《文游台》诗曰：‘忆昔坡仙此地游，一时人物尽风流，香莼紫蟹供怀酌，彩笔银钩人唱酬’。‘文游台’的名声便渐渐传播开来，文人墨客慕名而至，‘文游台’便成了士子文人登高临远的胜地。”

“坡仙”（苏东坡）取代了庙神，文游台替代了泰山庙，这在大中国十分鲜见，我也是第一次听说。

文游台是个很简陋的院落。既没有雕梁画栋的恢宏建筑，也没有三进两院的烘托。若不是“秦观”身后通往高台两边几十棵阴森森的苍松，和高台上的几间晚清建筑，感觉这儿就是一处晚清遗留下来的普通民间小院。

小院虽很简陋，但空气中不仅凝聚着书卷气，还有一股灵气；满院子千年不老的苍松翠柏，争先恐后地要和你诉说曾经在这里发生的“苏小妹三难秦少游”的传说；苏东坡、秦少游等在这儿笑谈天下事，煮酒论诗词的故事，以及秦观在文游台登高四望，观禾田，览湖天所描绘的“吾乡如覆盂，地处扬楚脊，环以万顷湖，天粘四无壁”的水乡自然景象。

今天，我们登台看到的是“四处一个样，满眼是民房”。要想看到“环以万顷湖，天粘四无壁”的水乡自然景象，也许要登上那近百米高的高楼大厦之上了。

与文游台同是一个院子的东边还有一个小院，院门上悬着一块横匾，上书黄永玉大师题“汪曾祺纪念馆”。走进院门，第一眼看到的是院子左边正房门前的一棵伞形的冬青树下，一个老人悠闲地坐在藤椅上的塑像。他嘴叼烟斗，面容慈祥，眼神和善，一副随时在等你来和他交流座谈的模样。扬州的文友说，这就是汪老，汪曾祺先生。

与汪老相视几秒钟的神聊，我佩服高邮人行事的精细，“汪老”有了背后的那把“伞”，就不怕“风吹日晒，雨雪侵袭”了。

纪念馆分布为北厅、南厅、东厅。北厅是主展厅“我的家乡在高邮”，设置书房、故居模型、街景梦境等；南厅主题为“大师风范”，分小说家汪曾祺、散文家汪曾祺、戏剧家汪曾祺、美食家汪曾祺、诗联书画汪曾祺、老头儿汪曾祺六个展区。东厅是“永远的汪曾祺”，以景仰与缅怀，瞻仰与寄托为主题。

汪老不仅是文学大师，也爱美食、好书画、乐医道。“阅读他的作品，能使你向往宁静、闲适、恬淡的心理定势，追求心灵的愉悦、净化和升华。”

离开文游台，我一直在想：那个题“文游台”匾额的广陵太守姓甚名谁？不仅扬州的文友说不明白，翻遍文游台的导游简介，也没有交代。

太守，现在的地市级主官，题了“文游台”怎么就没在文游台留下尊姓大名呢，是太守不想留，还是高邮人不愿留？我想：这也许是高邮人只重文化不信神、不崇官的表白。

（原载 2019 年《江苏作家》第 4 期）

水墨呼伦贝尔

蓝天白云间，一只雄鹰在自由地翱翔。铺满绿草繁花的草原上，河流如脉，纵横交错。白云透过阳光，在草地上投下一片片淡淡的阴影。阴影随风在草地上快速移动，所到之处，绿草绿得更绿，黄的、红的、蓝的花儿更鲜艳。我的思绪也随那快速移动着的阴影在不停地变幻：这呼伦贝尔大草原，是上天的素描呢，还是大地的水墨画？！

走进呼伦贝尔，像走进梦幻般惊艳。

一

海拉尔是呼伦贝尔市政府所在地，飞机降落在海拉尔机场已经是晚上十点多了。

我期待明天，能看到向往已久的“风吹草低见牛羊”。

海拉尔的太阳也许和海拉尔草原上的马一样，不太喜欢睡懒觉，还不到三点，就睁开了她大大的眼睛，长长的睫毛折射在铅灰色的云上，霞光万丈，天一亮就给你妩媚别致的美感。

不到四点，我们就离开海拉尔市区，去参加一个祭祀活动。一行三辆越野吉普车，每辆车四人，我和区文联陈刚主席、深圳的老周、海拉尔当地驾驶员老雷一辆车。除老雷外，我们都目视着车窗外那一望无际的大草原。

从没见过这样广袤的大草原!

呼伦贝尔大草原的春天，也许就是在这七月；在水一般绿色荡漾的草原上，黄的、红的、蓝的各种野花开得正艳，在目光所及的草丛中，夺目而又养眼。蓝天白云间，一只雄鹰在自由地翱翔。铺满绿草繁花的草原上，河流如脉，纵横交错。白云透过阳光，在草地上投下一片片淡淡的阴影。阴影随风在草地上快速移动；所到之处，绿草绿得更深，黄的、红的、蓝的花儿更鲜艳。我的思绪也随那快速移动着的阴影在不停地变幻：这呼伦贝尔大草原，是上天的素描呢，还是大地的水墨画？！

车子一转弯，我们来到牧民祭祀的现场。

没有庙宇。只有二根竖着和一根横着的木头搭成的门。门里面是两排竖着的圆木，每排六根，每根圆木都有两个人合抱那么粗，木头与木头之间隔有十米，其间插着五颜六色的彩旗。圆木和彩旗上都雕画着鸟、鹰等飞禽走兽，大约象征着图腾。两排圆木和彩旗中间的道，通向一个不太高的大土丘，土丘上有几个用碎石垒起的堆，堆上插满细长的干柳枝，柳枝上挂满了巴掌大的彩旗。中间一个大堆，两边各有五个小堆，小堆的装饰和中间大堆一样。堆下坡铺有不到十平方的红地毯，六个老中青三代和尚闭目坐禅，对着堆念珠念经。

现场很隆重，听说是旗里的领导要来参加活动。

不到两个小时，已有近百辆车从四面八方赶到祭祀的场地上。车上下来的每个信众都捧着哈达和香烛，低头念经，虔诚地走向大堆。

草原的风真是野得很，彩旗猎猎地直响，仿佛打着旗语。我想打听一下，这儿没有庙宇搞什么祭祀活动？在祭祀谁呢？问了几个牧民，她们都摇头。我又去问维持秩序的警察。“传说这儿出过佛舍利。”他们说。

我们一行十二人，除我和老雷，他们都有照相机，而且“长枪短炮”一应备齐。大堆后面是一条小河，从望不到尽头的草原，弯弯曲曲，一路蛇行，冲这个大土丘游过来，到了土丘下面，左向拐了个小弯，恰似一个臂弯，把土丘揽在怀里。

人群突然有一个骚动，听说旗里的领导要到了。一个警察在赶一个匍匐在地毯上拍老和尚念经的摄影者，“你真不要脸，叫几次也不离开”，警察说。“你怎么说话呢，出口伤人，什么素质！”摄影者和警察顶了起来。另一个警察赶紧过来，边向那个上了年纪的摄影者赔不是，边将他们拉了开来。

我不太喜欢热闹，一个人向河边走去，静静地看着那条流向远方的小河，听说她就是呼伦贝尔大草原上有名的伊敏河。她无拘无束，自由自在，向远方流去，流向她向往的地方。

二

离开海拉尔市区向北不到半个小时，我们一行三辆越野车进入呼伦贝尔大草原。在举目无路的草原上，沿着一条弯弯曲曲的河前进。当地的驾驶员老雷说，这就是莫日格勒河，呼伦贝尔人称她为天下第一曲河。

没到呼伦贝尔草原之前，我想象她是一马平川：蓝天白云下，洁白的哈达，星罗棋布的蒙古包，海一样广阔无边的草原，骏马似燕子一样踏着草浪在自由地飞翔……

现在我面对的是：海的波浪起伏一样的山丘。极目望去，没有森林，也没有山石，从这个高坡到另一个高坡，一眼望去，都是星星点点的各色花朵和绿茵茵的牧草。到这儿两天，我的第一感觉：这呼伦贝尔大草原，确实是一个养眼、养心、养肺、养脑的好地方；清凉的空气夹着草和花的芳香，蓝天白云间，不时有几只鸟儿自由地飞翔，一群一群的牛、马、羊，在河边啃食牧草，自得其乐。偶尔冒出一个蒙古包，就像那草丛中的野芍药花一样鲜艳夺目。

草原本来是骏马驰骋的疆场，如今这越野车在草原上比马儿跑得欢。一望无际的草原，驾驶员想往哪儿开就往哪儿开，他们的驾驶技术甚是了得，四十五度的坡，我们看着都揪心，劝老雷别上去。他说："放心，没事。望山跑死马，看着的，跑到上面没半小时不行，这大热的天。"说话间，我们还没缓过神来，他的车已开到了山顶。

站在山顶看莫日格勒河，你所有的感受除了对造物主的敬畏，还是对造物主的敬畏。你没有权利去对造物主投在这大草原上的绝笔说三道四。那大大小小的河湾儿，舒、缓、张、驰有度，有的地方是S形，有的地方又是Z字形。摄影师们在咔、咔、咔忙个不停，我却站在那儿发愣：这弯弯曲曲的河形是怎么形成的？在这两边都是丘陵的中间，那一片平坦的草原有几公里宽，而那条只有几十米，有的地方只有十多米宽的小河，就在那几公里宽大的草原上，没有任何障碍阻挡，从望不到尽头的上游弯弯曲曲绕来，又弯弯曲曲不知绕向何处的远方。

我问带队的海拉尔人李义刚，这河有多长？他说："长约三百一十九公里。这条河有几个名字：莫日格勒河，莫日根河、莫尔根河，现在叫"莫日格勒河"。

莫日格勒河地处呼伦贝尔市陈巴尔虎旗境内，发源于大兴安岭西麓，流经内蒙古呼伦贝尔草原。她有九百九十九道弯，有些地方不足百米的长度，就有十几道弯，因此，她被誉为天下第一曲河。

类似这样的河流，在呼伦贝尔市境内有一千八百多条。呼伦贝尔市总面积二十六万平方公里，相当于山东与江苏两省之和，是全国面积最大的一个地级市，也是"世界上土地管辖面积最大的地区级城市"，市境内的呼伦贝尔草原是世界四大草原之一。这里有纵横交错的河流，星罗棋布的湖泊，松涛激荡的大兴安岭林海，是"世界上最美的草原"。如果把祖国版图比作雄鸡，呼伦贝尔就是雄鸡冠上的一颗明珠。

沿着"天下第一曲河"往回走，我们要去河边的蒙古包做客，今晚也要住在蒙古包。领队李义刚说，蒙古包没有电，没有水洗澡；但有鱼、有肉、有酒。鱼是莫日格勒河里的野生鱼，肉是吃这地上牧草长大的牛羊的肉。

太阳快要落山了，草原寂静而苍茫。瓦蓝瓦蓝的天空，没有一丝浮云，几只“叫天子”在空中叽叽喳喳地叫个不停，远方成群的牛羊，一边吃着草一边向它们的家——棚栏走去。莫日格勒河边，一个持竿者在寻可下钩垂钓的地方。

我们住的是一个酒店似的蒙古包，十几个包围在一起，像一朵一朵的水莲花，在这绿色的海洋上，在这弯弯曲曲的，梦幻般的莫日格勒河畔，耀眼而明亮。每个包内都挂着成吉思汗的画像，四张单人床简洁而朴素。

从城市走进这荒草野地，从繁华走向寂静和简陋，我，没有失落，只有踏实、轻松和舒畅。

三

蒙古包一夜，确实是一种享受，我领悟了什么叫“万籁俱寂”。迎着朝阳，我们的车子在这荒无人烟的草原上，继续沿着天下第一曲河前进。

下一个目的地，是额尔古纳湿地。

车子在没有路的草原上狂奔，牧歌在耳边回荡。草原之美，美在空旷，美在辽阔，美在一望无际的绿色。遗憾的是，我在这大草原上跑了三天，没有见到一只被蒙古人奉若神灵的雄鹰。老雷说，这草原上基本看不到雄鹰、狼野兽什么的，没地方藏身啊，只有靠近森林的地方才有。

上午十点，我们来到了额尔古纳市区。

额尔古纳，蒙古语是“奉献”的意思，内蒙古人把额尔古纳河称为“摇篮和母亲河”。额尔古纳是内蒙古自治区一个县级市，总面积二点八万平方公里（约 4200 万亩），总人口只有八点五万人，主要经济收入以林、牧为主。位于大兴安岭原始森林西北麓，呼伦贝尔草原北端。这个纬度和经度，使这儿比宿迁的昼夜时差在四个小时左右。七月的早晨，不到两点半天就亮了，晚上九点太阳才下山。

额尔古纳湿地紧靠额尔古纳市区西边，其实就是著名的根河湿地一部分。登上海拔七百二十米，紧临湿地的西山峰，那是观赏湿地的最佳地点。我们不用爬山，驾驶员一踏油门，车子就登上了主峰。

漫步山顶，美丽的边疆小城，宛若仙境的自然生态林；蜿蜒曲折的河流，在湿地中央分成几条小河，在树荫下若隐若现；站在主峰向远方眺望，巨大的根河河谷，不急不缓的根河之水，在繁茂的灌木丛中左旋右转，以蛇行的曲线，勾画出一个又一个漂亮的绿洲和令人心驰神往的鸡心岛。根河的水，像一支画笔，也像摄影师的镜头，将巨大的河谷描绘成如诗如歌的绿色画廊，流经额尔古纳后，又依依不舍流向远方。天然景色与人文景观交相辉映，构成了一道亮丽独特的风景线。据说，这片湿地是呼伦贝尔市乃至全国保存最为完整、面积最大、植被物种最为丰富的自然湿地保护区。

太阳快要落山的时候，湿地上空突然布满了乌云，狂风带着雨丝，气温从二十几度一下子降了十度似的。带队的李义刚大吼一声“快回！”就钻进车里；大家也不问怎么回事，都慌慌忙忙上了车。老雷说，这雨要是下来，山上都是烂泥，我们就下不了山了。

离开湿地十多公里后，车子进站加油。雨没有下，所有的摄影师在回首西山时都叹惋后悔不已，因为，那个令他们梦想已久的景象出现了：刚才还满天黑压压的乌云，现在分散成了若干个云块，而挂在西山上的那块乌云，正好遮住了快要落山的太阳。太阳的余光从乌云后面喷薄而出，把半个西天烧得红彤彤的，把所有的小云块都烧成了蛋黄色。所有回首看到这个景象的人，都会有一个共同的感觉：啊，好一个“残阳如血”！我们文联的陈刚主席坚持要回西山，李义刚说，我判断失误，对不起大家，来不及了，回去只有那颗残阳。

没有西山的高度，没有那一片残云密布，也就没有了最佳取景的角度和光度。光是摄影的灵魂，摄影师是用光把物体雕塑出来的。来自深圳的老周说太可惜了，美，就这么失之交臂。

四

早晨的根河湿地，是另一番景色；湿地上的树木和草原被一夜露水湿润了，在柔和的阳光下娇艳、蓬勃而富有生机。晨雾浓淡得恰到好处，在阳光的作用下，那雾，像一条乳白色的纱巾，随着湿地灌木丛的高低，起浮飘荡，长长地萦绕着，连接着天的这一头和天的那一头；走出栅栏的牛群羊群，在湿地的草坪上、小溪边，随意地啃食着嫩草，温情地舔饮着清澈的溪水。车子沿着额尔古纳湿地边上的草原，向下一个拍摄景地跑去。没有路，只有过往的车辙说明这儿曾经有人来过。草坡上，间隔不远的一群一群毛色红、黄、白杂花点点的奶牛，在装点着草原的春色，诉说着草原的寂寞。

据牧民说，这儿的牛都是三河牛，三河即呼伦贝尔市境内的额尔古纳河、得勒布尔河、哈布尔河。一九五五年内蒙古自治区政府在收购本地及离境苏侨所饲养的三河牛的基础上，筹建了二十个以养牛为主的国营牧场，进行有计划的选育提高，经过三十多年的努力，该品种已经基本形成，一九八六年被内蒙古自治区政府正式验收后，命名为“内蒙古三河牛”。

三河牛体格高大结实，产奶性能好。每头牛年平均产奶量为四千千克，乳脂率在百分之四以上。上好的奶牛三百六十天的产奶量为八千四百一十六千克左右，是呼伦贝尔三河牛单产最高纪录。三河牛的产肉性能也好，二至三岁公牛的屠宰率为百分之五十五，净肉率为百分之四十八。

在这大草原上吃了四天的牛羊肉，喝了四天的奶茶，呼吸了四天的好空气，我，不仅觉得提振了精神，也强健了体魄。只是这荒凉的草原，似乎只有我们三辆车子，偶尔遇见一辆车，就像久不相见的亲友一样亲切。

据说，这条路是呼伦贝尔市青年摄影家协会专为摄影爱好者或者说摄影专家开发出来的，他们投入资金上十万元，用近一年时间，承担了爬山过河寻路的风险，把所有景点都标上了坐标。难怪我们走的都不是“正道”，我同他们开玩笑说。现在，全国各地越来越多的摄影爱好者都把镜头聚焦在这条路上，我们来的当天，他们就接待了两个摄影队。因这条摄影之路，呼伦贝尔市青年摄影家协会，已成了网上呼伦贝尔市的一个知名品牌，我们就是通过网络同他们联系上的。

上午十点，车子上了砂石路。一支烟的工夫，我们到了一个叫五卡的地方，一个当兵的拿着一根三十厘米长的小木棍，把我们的车子拦下检查。第一辆车子里是来自北京的两位男士和一位深圳的女士。所有行囊都被打开，就连夹克衫的衣缝，也用手捋了一遍，看着被抖得乱七八糟的东西，外交部退休的老王怒而不敢言。我们是在第二辆车上，查到我的行囊时，老周说：“这是我们作家的。”士兵朝我望了一眼，伸手在里面摸了一下，就去查别的了。老周朝我挤了个鬼脸笑一下，贴着我的耳朵说：“看来枪杆子也不敢惹笔杆子。”他虽然已近六十岁的人，但小脑子闪得贼快。几天下来，我们不仅有了快乐投机的语言，还成了好朋友。

五卡就是边防哨卡，因现在国际恐怖分子作乱，各国的边境都加强了防备。哨兵在放行时还强调一句：“到了边境不要乱拍啊。”

过了哨卡，车子沿着一条河一直往前跑。到了一个大河湾的地方，领队的李义刚把车一直开到了山顶。“这就是额尔古纳河，对面就是俄罗斯。你们看，这下面的河湾像不像一个阴阳太极图”，他说。

像，像极了。

摄影师们忙着“支枪架炮”，我静静地眺望着对面俄罗斯的小村庄，搜寻俄罗斯那独特的建筑风格。

夕阳的余晖，尽染在额尔古纳河两边的丛林上；俄罗斯小村上的炊烟时隐时现，我虽然没有看到俄罗斯那拜占庭式的神圣宫殿，也没有看到典雅、大方、高阔、端正、圆形顶盖的雄伟建筑，但那紧凑而朴素的小村，却给人以温暖亲切的和谐之感。

五

额尔古纳河在兰山下画了个太极（河形）之后，继续向前流淌。接下来的五天，我们将一直沿着这条中俄边界的河流，行程六百多公里，到一个叫“奇乾”的地方，然后返回海拉尔。

额尔古纳河是黑龙江的支流，上游发源于蒙古的克鲁伦河，主要支流有海拉尔河，全长一千六百二十公里。在《旧唐书》中称之为望建河，在《蒙古秘史》中称之为额尔古涅河，在《元史》中称之为也里古纳河，在《明史》中称之为阿鲁那么连，自清代开始称之为额尔古纳河。额尔古纳河沿岸地区土地黑色、肥沃，森林茂密，水草丰美，鱼类品种很多，动植物资源丰富，宜农、宜牧，所以内蒙古人称她为“蒙古人民的摇篮、母亲河”。

自一六八九年清朝政府同俄罗斯签订《中俄尼布楚条约》至今，额尔古纳河一直是中国与俄罗斯的界河。右岸属中国，左岸属俄罗斯。她蜿蜒曲折地勾画出中国雄鸡状版图上巨冠的轮廓。中俄两国以河道中心为界。现在两国睦邻相处，界河已被开发成风景区，供游人观光。不论乘车还是乘船，均可欣赏到界河中星罗棋布的滩岛，两岸纵横流水潺潺的小河，高高的白桦林和密集的灌木丛。俄罗斯村庄近在咫尺，黄头发、蓝眼睛、高鼻梁的俄罗斯人在河边劳作、洗衣、垂钓，一派异国风情尽收眼底。

与俄罗斯不同的是，在中国的边境线上，有一道铁丝网隔着。据说，这道铁丝网，一直延伸到中国和所有邻国的陆地边境线。铁丝网每隔几十里有一个门，供中方边民到河边取水、放牧。不论国际上恐怖分子如何猖獗，我们先看好自家门，管好自家人，没有一个和谐稳定的发展环境，何谈强国富民。

是夜，宿在一个叫七卡的小村子，这个村子距离对面俄罗斯的村子只有十多公里。牧民家的接待条件还算整洁干净，女孩远在四百公里外的包头上中专，暑假回来帮父母做生意。她告诉我，她的奶奶就是俄罗斯的姑娘，过去到俄罗斯那边走亲戚比较方便，也不要出境证。自从有些国家恐怖活动猖獗，现在边境也管得紧了，没有出境证绝对不行，有了出境证还要在规定的地方出入，否则算偷渡，要是被双方哨兵发现，都会开枪的。

村子上有五十多户人家，看样子小日子过得还可以；其实牧民的收入都不低，主要经济来源是牛羊。每家都有几千亩的牧场。牧场放养、牛羊防疫，政府不但不收钱，牧民养一头奶牛政府还补助上百元。养肉牛、羊每头都有几十元的补助。别看那些房子不怎么样，为了孩子上学，有的人家都在镇上或县城买了房子。女孩边给我们缝枕套，边和我们聊她们小村的故事。

夕阳快要落山的时候，也是小村最热闹的时候。倒不是人多了起来，而是那些散放的牛羊，三五成群，没有人领，也没有人去找，它们自己回家来了，而且准确无误地找到了自己的家。

“它们是有灵性的，早晨自己结伴出去找吃找喝，晚上自己回家，从不迷路，也不会跑错门，到别人家的栏里去。”女孩说。

六

边境小镇室韦，这是我四天来除呼伦贝尔、额尔古纳之外见到的又一个漂亮的边疆小镇。这个漂亮的小镇紧临额尔古纳河，与对岸的俄罗斯村庄仅一二十米宽的一河之隔。小镇不大，从街的一头能看到街的另一头。没有高大的建筑，但紧凑和谐，小巧玲珑。街两边的店铺里，都是一些旅游用品、纪念品、山杂野货。

小镇在一个 Z 字形的河湾里。河上没有桥，靠中国这边有一个码头，没有船；靠俄罗斯那边有一条铁船，一半沉在水里，一半靠在岸上。看样子，双方的边民往来不是很频繁。离码头不远的地方，有一个三层小楼，那是这个小镇上最高的建筑——中国的一个边防站。

我们漫步街头，游览小镇上清一色的俄罗斯式的木结构建筑。一个小伙子，边向我们推销他的旅游纪念品，边聊他们的室韦："我们室韦二〇〇一年四月成立'俄罗斯族民族乡'，这里居住着一千八百多口人，其中华俄后裔占百分之六十三。她是中国境内唯一的一个俄罗斯民族乡。

"别看我们室韦小，但她历史悠久。早在隋、唐时期，蒙古室韦部落就在这里过着游牧渔猎为主的生活；那时还处在典型的原始公社阶段，农耕使用的是人拽的木犁，集体围猎。在父权家族中还保留着母权制，男人娶妻，要在丈母娘家劳动三年，才能把妻子带回家。

"清朝光绪三十四年（1908），在这里设吉拉林治局，管理行政事务；民国九年（1920），中华民国政府在这里设置室韦县。十九世纪末，沙俄贵族资本家来这一带开矿、经商。电视剧《闯关东》，说的就是山东、河南、河北的贫困农民来这里采金、经商。俄国农民也越境来这里打草放牧，并定居下来；许多华俄青年男女结成夫妻，现在这里的人，大多数都是华俄后裔。

"二〇〇五年，在中央电视台组织的中国魅力名镇评选活动中，我们室韦脱颖而出，被评为中国的二十个"魅力名镇"之一。随着旅游热的升温，室韦以独特的自然风光及浓郁的俄罗斯生活特点，吸引了国内外众多旅游者，特别是'俄罗斯民族之家'的家庭游，让客人特别开心，很受欢迎。在这里，可以吃到正宗的列巴；如果住在这里，主人会热情地教游客打列巴，吃到主人自己腌制的俄罗斯酸黄瓜、鱼子酱、自酿的红豆酒，洗俄罗斯式桑拿，真正体验俄罗斯传统的家庭生活习惯。如果是夏天或秋天来，还可以上山采野果，到河边钓鱼。如果遇到传统的巴斯克节，游客可以和我们室韦的男女老少一起拉着手风琴，唱《莫斯科郊外的晚上》《红莓花儿开》，跳欢快的俄罗斯舞。我们这里的居民大多是苏联十月革命前后来到中国的俄罗斯人，老一代人精通俄语，至今仍然保留俄罗斯人的生活习惯，但他们的汉语不怎么样。我们这些年轻人，俄语汉语那都杠杠的。”

他说之，舞之，蹈之，那顽皮的表演引得我们捧腹大笑。不忍心亏欠他的热情，我花二十元买了他一个玉挂件。

望着对岸俄罗斯那简朴的小镇奥罗奇，再看看我们的小镇室韦，——祖国，我为您骄傲，我为您自豪！

（原载 2013 年常州《翠苑》第 6 期，中国知网、中国论文网、豆丁网、吾喜杂志网等转载）

红色足迹一周行

从成都到阿坝藏族羌族自治州之行，也算是了却了我的一个心愿。且不说读了《蜀道难》之后，总想去感受一下蜀道难是否真就“难于上青天”，特别是看了电影电视里红军当年长征途中走过的那些地方，就更想去感受一下当年他们是怎样坚韧不拔地在枪林弹雨中，去走过那些“猿猱欲度愁攀援”的艰难险阻的了。

九月二日

上午九时，我们乘车离开成都，一个多小时后，走出成都大平原进入岷江河床，沿着长江三大支流之一的岷江两岸逆流而上。大约要十个小时后，到一个叫“黄龙”的地方，也就是岷江的源头，才能进入阿坝藏族羌族自治州境内的九寨沟。

坐在从南京飞成都的班机上，我就想，从成都坐公交车去九寨沟，全程基本上有一半的路是走在岷江大峡谷里的，这条路，也差不多就是当年红军二万五千里长征途中走过的主要路段一部分。至于“黄鹤之飞尚不得过，猿猱欲度愁攀援”这样的险途，只能出现在李白《蜀道难》中的诗意夸张里，如果真像他所说的那样，连鸟和猴都过不去，红军还能过去？也就更没有历史上那条连接藏汉民族贸易的茶马古道了。

我们乘的是旅行社的车子，一车的散客，有来自上海、新疆的，也有江苏和四川本地的。导游是一个看上去二十多岁的男孩，他要我们叫他“阿旺泽让”，说这名字是藏族同胞给他起的，意思是“勤劳勇敢”。驾驶员也是一位男的，四十多岁，导游要我们叫他“铁牦牛”师傅。这个不说我也知道，铁牦牛不仅是藏族同胞的宝贝，也是草原上不怕虎狼比较勇猛的动物。

我们的车子过了都江堰水电站的拦水坝之后，就完全进入了岷江河床。汹涌的江水撞在江中的石头上，从上到下，卷起一河床的浪花。那浪花仿佛是山里的孩子们排着长队手舞足蹈、嘻嘻哈哈地奔驰着，急于跑出大山，去看外面的世界。

车子进山后，跑了有近两个小时，除去擦肩而过的车辆，就是这岷江大峡谷了。我没有看到一个像样的村庄（也无法有像样的村庄存在）。路边稍微缓一些的山坡上，偶尔有几户山民老旧的宅子，像是在见证着脚下这条路，就是历史上那条连接藏汉民族贸易的茶马古道，就是红军当年走过的那条照耀世界、诞生新中国的红色之路。偶尔出现一个比较宽的河滩上，有一些比较现代的建筑，一看就知道，那是脚下这条现代化的水泥路开通之后才来落脚的。车下的那条仅供一来一往、两个车子交叉而过的山路，就是在悬崖上开凿的。那路沿着岷江两岸的山盘旋着，一会儿爬到百把米高的山腰，一会儿又绕到贴近河床的谷底。那斧削一样陡峭的山崖，坐在车里，上看不到山顶，下看不到谷底。从车内看看下面的河谷，再看看头顶悬着的高山，那车子就像是在梦中，上不着天、下不着地在空中奔跑着。车子跑在悬崖上，人的心悬在胸腔里。从进入这岷江大峡谷，一车的人几乎没有几个说话的。他们的心也许是和我一样的在悬着，在祈求上帝的保佑，在祈求驾驶员的谨慎。是的，驾驶员稍有不慎，那车子不是撞崖，就是坠谷。一车的生命均生死存亡在一瞬间。我的双手紧紧抓住车上的把手，仿佛那把手就是山崖上的一棵树，就是深谷里漂来的一根木头。我不敢再向车外看去，紧闭双眼，一边为我和车上的三十多个同伴祈求着平安，一边回味着李白的《蜀道难》："百步九折萦岩峦。扪参历井仰胁息，以手抚膺坐长叹。问君西游何时还？畏途巉岩不可攀！但见悲鸟号古木，雄飞雌从绕林间。又闻子规啼夜月，愁空山。蜀道之难，难于上青天，使人听此凋朱颜……锦城虽云乐，不如早还家。"

李白当年真的走过这条路？

不知过了多长时间，导游说话了："前面就是我们此行路过的第一个县城——茂县……"

茂县既懋功。这是进山后我见到的唯一的一片比较开阔的地方，说是县城，其形其势，也只有我们宿迁的一个乡镇街道那么大。一九三五年六月，时任中华苏维埃共和国中央政府执行委员会副主席、"西北联邦政府主席"的张国焘和红四方面军就驻扎在这儿，也就是在离这儿上游不远的一个叫两河口的会议上，因张国焘的意见与中央相悖，致使红军"松潘战役计划"无法执行，造成重大损失，迫使红军不得不改变计划，攻破毛儿盖防线，经阿坝过草地北上陕、甘。我问导游："这样的山路有多远，我们要走多长时间？"阿旺也许是看出了我的心思，"这段峡谷全长一百多公里，要走五个小时左右。没事的，我们的'铁牦牛'师傅是这条路上最好的师傅，他在这条路上跑了十多年了，是四川省的十佳驾驶员。"又过了有一个小时，车子在一个山坡比较平缓、江面比较宽、有几十户人家做着小生意的寨子前停下来。阿旺叫大家下来活动一下，说前面不远就到松潘了。

这儿原来是一个很繁华的集市，在一百多年前，内地商人就是沿着这条茶马古道将茶叶和盐运到这儿，同藏、羌同胞换马、牛、羊、皮毛和中草药的。一九三三年四川西部大地震，这个小镇在一夜之间消失了，沉到了这儿的一百米以下。"这儿就是历史上那个叫'叠溪'的茶马互市小镇子吧。"我说。"对的。"阿旺说。

下午四点多，我们走出了岷江大峡谷，到了松潘。

松潘，古为松州，是历代边陲重镇，军事要塞，被称为“川西门户”。其势“扼岷岭，控江源，左邻河陇，右达康藏。屏蔽天府，锁阴陲”。自汉唐以来，历代在此均设关尉。唐太宗的女儿文成公主，就是从这儿出塞，嫁与松赞干布的。现在的松潘县城，城墙虽然完好，但那是新中国成立后多次修建的。抗日战争期间，日本鬼子误以为松潘县城是蒋介石的机场，对其狂轰滥炸。一九三五年六月，胡宗南在松潘布防二十七个团的兵力，妄图将红军围歼于此。在毛泽东的领导下，红军于离松潘五十公里的毛儿盖向胡宗南部发起进攻，历时七天，撕开了胡宗南的防线，又历时五天，走过红军二万五千里长征途中的“死亡陷阱”——松潘大草地。现在在右边的山上，就能看见一个红军战士双手举着铁锤和枪的胜利雕像。

九月三日

高原的早晨来得比内地早些，五点钟天就大亮了。这个叫“黄龙”的地方，是一个现代化的小镇子。我说它现代化，不是说它的全部，只是它的所有建筑物均是近几年才建起来的样子，在约两平方公里左右的小镇上，你找不到一片秦砖汉瓦的痕迹。这儿离松潘大约一个小时。昨天路过松潘的时候，我问阿旺能否住在松潘，他说不行，一方面黄龙离九寨沟近些，另一方面那儿的客房已定下了。

这对我们来说是一个遗憾。

车子离开黄龙半个多小时，我们完全进入了川藏高原。透过车窗远远望去，大大小小的山上均是无边无际的绿，绿得神奇、绿得高远、绿得渺茫。漫山遍野的绿，仿佛姑娘才梳洗过的秀发一样，展展的齐，油油的绿；又仿佛藏族的色嫫（姑娘）们，铺开的地毯一样平整。太阳出来了，云雾像乳白色的纱幔在山腰缭绕着。透过那乳白色的幔，看那如波浪般起伏的山峰，那起伏的线条朦胧之美，给人的感觉又仿佛隔着乳白色的幔看沐浴的美人，给人一种遐想的沉醉。车子拐过一个山口，我和阿旺几乎在同一秒提醒大家：“看，雪山。”“大家注意了，右边的那座山，就是被藏族同胞们叫作东方神山的‘雪宝顶’。海拔六千多米高，山顶终年积雪。由于受气候变暖影响，原来积雪在三千米以上，现在要在五千米以上才能看到雪了。这山上流下来的水，你别看它跟家里放的自来水那么细，这么多细流汇聚起来，就是岷江的源头了。”阿旺说。坐在车内，也许是被那漫山遍野的绿给镇住了，我们没有感觉到高原缺氧的胸闷，倒是受视觉的影响，虽然穿着厚的外衣，却依然感觉到了雪的清冷。

上午八点多，我们进入九寨沟。

九寨沟位于阿坝藏族羌族自治州境内。从地理位置上看它属东藏，隶属于四川省，当年红军就是经这儿过“松潘大草地”北上陕、甘的。所谓九寨沟，是因茫茫六万五千公顷原始森林，护卫着沟内九个藏族、羌族的寨子而得名。在来九寨沟之前，听来过的朋友描述九寨沟的风景，我大体悟出了来九寨沟要重点看水之媚、林之秀、瀑之奇、情之纯。

进入这个被世人誉为“梦幻仙境”“童话世界”的沟内，我的第一个感觉，“这确实是一个充满神秘的地方”。且不说我们还没有看到她的水之媚、林之秀、瀑之奇、情之纯，单就我们在约半个小时内，从海拔四千七百米的高度，一下子降到了两千米的沟底，这本身就有一种飘飘欲仙的感觉。九月的天气，在家乡宿迁，还是夏日余威未尽的气候。到了这里，你不得不加上一件棉衣了。山里的气候，真像一个爱闹的孩子，一会儿艳阳高照，一会儿阴云密布，一会儿又细雨霏霏。

没有感受过太阳雨的痴男情女们，要找这种感觉，深山老林是最佳的场所。

景区内没有导游，只是在观光车上，服务员会提醒你前面到了什么景区，然后游客们下车自由欣赏。这对有些游客来说也许是失落的，因为这里不论是在什么景点上，你都听不到那些人为编造的神话故事。这儿的一切都是那么简简单单，简单得除了山水之美还是山水之美。这种美，不论是她的神还是形，如果渗入了人为的编造，那就是对这些自然美的亵渎。除了脚下的柏油路、电灯以及一切的生活设施是现代的产物，其他都是大自然的原创。“这一天，你们可以在这个‘童话世界’里自由而尽情地享用。”阿旺说。

还没进九寨沟之前，就老是听阿旺说九寨沟的“孩子”有多么美。那些“孩子”不仅神采各异，而且多姿多彩。比如“熊猫孩”“孔雀孩”等。我们认为这都是导游为了刺激游客神经惯用的伎俩，哪来那么多奇形怪状的“孩子”？到了景点，看了那些说明，我们才知道阿旺说的“孩子”是“海子”。在九寨沟，像这些只有万八几千个平方米水面的高山湖泊有一百一十八个，九寨沟人就把这些湖泊称为他们的“海子”。这些星星点点散落林间的“海子”，有的浩荡，有的娟秀，而她们又因地质钙化的不同而神采各异，这就是九寨沟的水之媚了。水之媚关键媚在三个荒滩、四十七眼山泉。这三个荒滩、四十七眼山泉，从四千七百米高的山峰，分十一段急流下降到两千米的谷底，而急流又因湖、滩时急时缓，遂集溪、泉、河、瀑、滩、湖于一处，又将水形、水色、水姿、水声融为一体，“构成了水在林间流，林在水中生，湖藏林海中，瀑在林间挂的绝世佳景”，这就是九寨沟的山水。来九寨沟，要看就看这水之媚。至于林之秀、湖之翠，皆因这水之媚而得。我以为。

在这个“童话世界”里，我们自由（游）了一天，看了深可见十几米以下的“海子”，那些“海子”，纯净无瑕，冰清玉洁，不忍触手。也看了那些如画的瀑布，又仿佛觉得那些瀑布，是将那些冰清玉洁的“海子”给撕裂、摔碎了似的，让人不忍目睹的心疼。总之，不论是“海子”也好，瀑布也罢，原始森林的幽深之美，在这个“童话世界”里给我留下印象最好，也最深的，是过了荷叶寨前行不到一公里，那一片宽有一百多米、长有不知几百米的浅滩。那滩上长满了高的白杨、松柏、柳树和矮的杜鹃，以及其他一些不知名的杂树。这些树，在水中乳白色的钙化堆积物上，由于自然变异，长出了能够从水中汲取养分的根须。树的高矮搭配和密度，你也许会认为是人工栽植的，因为，那滩面上，一年四季昼夜不息地流淌着山水。而所有的树根，又几乎都是被淹没在水下的。在这川流不息的水下，怎么能长出这么多树呢？其实这些均是自然天成，没有一点儿人工的痕迹。这就是自然界一些无法究其根源的奥秘，要不然，怎么会说九寨沟是“童话世界”呢！那些树长在那些乳白色的钙化堆积物上，看去，仿佛一棵树就是一个盆景，这满滩面的树，又是一树一景。若近前一个一个地去欣赏，看似如盆景罗列，再若往高处或远处整体看去，她又是一个偌大的盆景。这就是九寨沟有名的“盆景滩”了。站在滩边，我真想脱鞋赤脚蹚过去，找找儿时在湖里捞鱼摸虾的感觉。阿旺说：“现在不行了，过去，夏天来的游客都是赤脚蹚过去的。为了保护环境，现在就贴着这水面修了这木板桥。”走在木板桥上，望着那如玉流淌的碧波，千姿百态、风姿飘逸的林木，几只小鸟在树梢跳来跳去，太阳时隐时现，云像飘落的纱巾向我飞来……仿佛真的就走进了“童话世界”。

九月三日晚

从九寨沟景区下来，步行有一千米就回到了宾馆。晚饭后，阿旺带着我们去藏家做客。这客可不是白做的，我们每人花了一百五十元。原以为是去草原上的藏堡与藏族同胞们联欢，没想到十多分钟后，车子开进了离我们住的那个宾馆不远的一个农家小院。

在车上，阿旺简单给我们提示了几句要和藏族同胞交流的语言和要注意的行为。车子还没停稳，几个穿着藏袍的女孩子就排成队，手里捧着雪白的哈达在那儿等我们了。我们每个人都低下头，接受了一个哈达后进了院子。

院子里是三间正房、三间西屋、两间东屋。三间正房坐南向北，中间一间后面的墙上挂着佛像和男主人同大喇嘛的合影。合影的右边，是从他们家的牧地里挖出来的“冬虫夏草”的照片。照片的下面，是供主人和贵客坐的地方。我有幸同其他几位年长的游客被请到了主人和贵客坐的桌子后面就座，其他二十多位游客分别在东西两间房里对面而坐。中间空下来的十多个平方，是主人用于向游客表演歌舞的地方。我们坐下后，一个四十多岁的中年妇女首先向我们介绍了她是这个家里主事的大媳妇，和她们家的人员构成情况，以及藏族人对男人和女人的称呼习惯。她说他们家有姊妹兄弟十二个，六个女的中，四个姊妹，她和一个弟媳妇；六个男的中，她的丈夫、一个弟弟、三个妹夫和一个准妹夫。出嫁了的三个妹妹和妹夫都和他们生活在一起。现在全家和谐美满，老少三代在一起，二十口人没一个想分家的。她说，他们藏族对男人和女人的称呼跟汉族不一样，提醒我们别在这儿闹笑话。他们对男人统称"色郎"，对女人统称"色嫫"，不过，我们这儿的这色郎不是你们汉族人所说的那种爱占女人便宜的"色狼"；"色嫫"也不是你们所说的那些不正经的女人的"色魔"。你们管没结过婚的女孩子叫姑娘或小姐，我们管她们叫"未嫫"，"未嫫"就是未结婚的意思。你们别笑，"未嫫"听起来有点像"未摸"是吧？你们管结过婚的女人叫媳妇或大嫂，我们管她们叫"已嫫"，"已嫫"就是已结过婚了，可不是你们所想的"已摸"过了的那个摸。她的解释引来了一阵又一阵快乐的笑声。接下来，她突然问我们是想"泡姑娘、泡媳妇还是泡婆婆"，我们感到吃惊，有的游客小声说，她说的是泡茶。"你们别怕，"她接着说，"我说的是泡茶，没有你们男人想的那个好事。我们这儿管春天采的茶叫'姑娘茶'，夏天采的茶叫'媳妇茶'，再往后采的茶就叫'婆婆茶'，这就是我们这儿对这三道茶的称呼。"经她这一阵绘声绘色的调侃，大家彻底地放松下来，有的要看她家的"已嫫"，有的要看"未嫫"。接着，他们在家的6个"色嫫""色郎"们一起上，我们面对面地看了一场藏族歌舞。

边欣赏歌舞，边品尝"青稞酒""酥油茶""手抓羊肉"。藏族人能歌善舞，素有不论男人女人，生下来能说话就会唱歌，能走路就会跳舞之说。他们的歌舞给你的感觉，就像这川藏高原上一望无际的青山草地一样空旷、豪放，而又富有野性的美感。

歌舞结束后，主人早已在院子里架起了一口大锅，锅内放满了木柴。木柴被点燃后，三十多个游客和他们家的“色郎、色嫫”们手拉着手，一起跳起了藏族人生活中必不可少，也是用来招待远方客人的“锅装舞”。女主人见我在那儿站着不动，过来邀我去跳，我说我不善舞蹈，就和她在一边聊起了家常。她告诉我，这房子是他们自家的，这种接待游客的生意是寨主批准的。做这种生意不是寨子上所有人家想做都可以做的，要经寨主的批准（不是工商部门）。她说的寨主，也许就是我们这儿的村长一级。我问她，除了接待游客还做一些什么生意，一年能有多少收入。她说现在县里规定，凡十八岁以上至四十五岁的，不论男女，一律不准在山上搞放牧和耕种，只留一些老人和孩子在山上放点少量的牛羊。男女青壮年都被安排到旅游景点上做导游，搞服务或是做一些生意，响应国家退耕还林还草、保护生态环境的号召。至于她们家一年能收入多少，她说他们做子女的都不知道。收入和支出，都是他们的阿爸负责的，他们不问，也不给问。日常生活开支、吃穿零花钱都是他们的阿爸准备好了的。要到什么地方去玩、需用多少钱，阿爸同意后会给的。

半个小时后，一锅的柴火烧完了，“锅装舞”也结束了。在和他们挥手告别时，我忽然有了一些异样感情，这个团结和谐幸福的家庭，是不是少了一点自由支配生活权利的快乐和幸福？

九月四日

在九寨沟住一夜，虽然条件差一些，但那是一种享受，是在闹市无法找到的一种享受。山溪从门前流过，湍急的水流像马群踏着草地而来，又如风而逝。山中的夜是如此的寂静，寂静得好像整个地球都已经进入了睡眠状态。

早晨七点出发，不到九点，我们原路返回到了进九寨沟前住过的那个叫黄龙的小镇。阿旺先把我们带进一个水晶饰品专卖店，在那里，耽误了近两个小时。阿旺为此被大家一顿臭骂，说他为了吃回扣，把我们在那儿卖了两个小时。之后，又把我们带到一个牦牛肉食品和牦牛角饰品专卖店，在那里又耽误了半个多小时。这是所有旅游景点上导游“卖游客”吃回扣增加收入的通病。

在那个叫黄龙的小镇上，我们简单吃了点中饭后，就向黄龙景区进发。

车子离开那个小镇有半个小时，我们就进入了高原牧场。脚下是一条新开辟的旅游线路，路两边的柏油渣土还很新鲜。在这海拔接近四千七百米的山峰上，看那布满绿色牧草的群山，比看跌宕起伏、波涛汹涌的大海更令人有一种心胸开阔、激情澎湃的快感。蓝天白云似乎触手可及，扯开嗓子吼一声，北京也许就能听到。那种高远、旷达之美、之雄伟，是我第一次感受到的，也是终生难忘的。在快接近岷山主峰“雪宝顶”的时候，“铁牦牛”师傅选了一个最高的山峰，一个最好的角度，把车子停下来让大家拍照留念。每个人都伸展双臂背对雪山，像天上正在飞翔的雄鹰一样，在相机里留下了那精彩的瞬间。

使我想不通的是，在这海拔接近四千七百米的高山上，那漫山遍野的绿草，仿佛人工播种似的均匀，又好像人工修剪过一样的平整。在那漫山遍野的绿里，你不仅看不到一棵松柏等高大植物，你更看不到那些龇牙咧嘴的岩石。眼及处，所有的山峰到山谷，不论你从哪个角度看去，那都是一群绿色的瀑布。在那漫山遍野的绿里，你唯一能看到的高棵植物，就是那些长在路边的高原红杜鹃了。我们正沉醉于雪山、蓝天、白云、草原之中，车子突然停下了。阿旺说：“‘铁牦牛’师傅超速，被警察拦下来了。”我一边幸灾乐祸，“铁牦牛”该罚，从成都上他的车进入岷江峡谷，我就觉得他的车速太快，在那悬崖峭壁又狭仄的山路上，他老是超别人的车子，使我们感到很不安全，现在罚一下教训教训他，也是对我们的安全负责。不过，说句心里话，我又为他被罚了两百元感到可惜。

“铁牦牛”去接受处罚，我们都下车到路边去看那些高原的红杜鹃。虽然已过了花季，但那些疯长的野杜鹃，依然是绿叶茂盛，像那些已婚的

“色嫫”似的，向我们展示着健壮而野性的美。阿旺说，“大家细心找找，看这下面有没有被藏族同胞们视若软黄金的‘冬虫夏草’那些宝贝。”

“冬虫夏草”历来被藏族同胞视若至宝，这在九寨沟那个藏族同胞家看演出时，他们家把挖到的“冬虫夏草”的照片同他们家主人跟大喇嘛的合影像挂在同一个位置就足以证明。藏民们有“吃了冬虫夏草，长命百岁不老”的说法。

“冬虫夏草”是一种虫和草结合在一起生长的奇特的植物，虫是虫草蝙蝠蛾的幼虫，草是一种虫草真菌。夏季，蝙蝠蛾将卵产于草丛中的花叶上，随叶片落到地面后，经过一个月左右的孵化，变成幼虫钻入潮湿松软的土层。土层里有一种虫草真菌的囊孢子，它只侵袭那些肥壮、发育良好的幼虫，幼虫受到孢子侵袭后，再钻向地面浅层。孢子在幼虫体内生长，幼虫的内脏就慢慢消失了，体内变成充满菌丝的躯壳埋藏在土层里。再经过一个冬天，到来年的春天来临，菌丝开始生长。到夏天时长出地面，长成一根小草，这样，幼虫的躯壳就与小草共同组成了一个完整的“冬虫夏草”。这种东西吃了后，有病治病，无病滋养，延年益寿。

下午两点我们进入黄龙景区。

黄龙风景区因佛门名刹“黄龙寺”而得名。相传黄龙真人在此修炼成仙，此寺便有了灵气，也就有了人气和源源不断的香火。

风景区位于四川省松潘县境内岷山主峰“雪宝顶”脚下。这是一条长约七公里，宽约三百米的钙化山峡，整个景区藏在幽幽的原始森林中。来黄龙，就是来看这钙化山峡的。因为在这山峡中，有令人想不到，也令人惊羡的三千四百多个天然玉成的华泉彩池。这些大小不一、形态各异、又都精美绝伦的彩池，是从“雪宝顶”的脚下开始，顺坡而流，一直层层叠叠地排到山下。这些彩池，面积大的有一亩多，小的则如盆、如碗、如杯。池壁皆似黄玉，看似人工砌成，其实是大自然的“鬼斧神工”，既玲珑剔透，又一派富丽。从雪山上流下来的清澈的溪水，温柔如茶馆里侍女手中的壶，不紧不慢，不慌不忙，将那壶中的水，一个一个地溢满那些“如盆、如碗、如杯”的池。那些大小的池子，在阳光、蓝天、白云、雪山、苍松翠柏的映衬下，池水五彩缤纷，变化万千，又都清澈透明，沁人心脾。若有幸从空中俯瞰，在莽莽原始森林中，这条长约七公里、宽约三百米的钙化山峡，还真似一条凌空腾飞的黄龙。那层层彩池，就像巨龙身上的鳞甲，映衬着被藏族人民喻为“东方神山”的“雪宝顶”。

这就是被人们喻为“人间瑶池”的黄龙了。

从景区下来，已是下午五点多了。阿旺说：“我们要从这里原路返回到吃中饭的那个小镇，从那儿再沿着岷江顺流而下，晚上就住在茂县。”他这么一说，大家就有点紧张，因为这就是说，我们要在岷江峡谷中的悬崖峭壁上，摸黑走四个多小时的山路，夜里十点以后才能到茂县。这一来，大家就把担心和怨气都撒在了上海的那两个女人身上，因为她们比规定的时间从景区晚下来一个多小时。

高原的太阳升起来很快，落下去却很慢。九月份的天，在我们那儿要早上六点以后才能见到它，在高原，早上五点它就起来了。到了晚上，七点以后它还在山头上徘徊着。尤其是“雪宝顶”，当一切都即将进入夜幕的时候，太阳的光照在山头那皑皑的白雪上，那山头就仿佛是夜航中的灯塔，在为夜行的车辆和行人指引着方向。

没想到，夜色中的山路倒是一道很亮丽的风景。沿着岷江两岸绕行的山路上，那些接踵而来、你追我赶的车灯，就像电影中那些举着火把夜行军的队伍似的，精彩而美丽。

也就是当年那些精彩而美丽的火把，是他们用千千万万双脚，踏实了我们今天脚下的路基，是他们用草鞋，换来了我们今天坐的汽车轮子。

夜里九点多，我们到了红军时期张国焘和红四方面军驻扎过的地方——茂县。

九月五日

离开茂县的这个早晨，应该说是旅途中几天来我最满意的一个早晨。

早饭后，阿旺第一站把我们带进了一个专卖茶叶的小院子。我不好茶，也不懂茶道，但早晨起来能有人给泡上一杯早茶，绝对是一种享受，那淡淡的清香，不仅解渴，也清心爽神。给我们讲茶道、泡茶的是一个二十多岁的羌族姑娘，她说话时虽然面无表情，但她手下泡茶的功夫却是如此的娴熟。一道茶，在她手里也就两三分钟，一杯色、香、味俱佳的茶就送到了你的面前。不过，这道茶不是白给你喝的，在她“独具保健功能，红色根据地人民生活贫困”等一番劝解下，还真不忍心不买她的茶呢。

从小茶院出来，我们继续沿着岷江顺流而下，下午一点多，到了历史文化名城——“世界文化遗产”都江堰。

一九九七年我来过一次都江堰，那时我在水利部门工作，都江堰不仅是中国水利工程无坝引水技术的骄傲，也是世界水利工程无坝引水的伟大奇迹。因此，对李冰父子的崇拜和敬仰，是中国每一个水利人发自内心的一种情感。

来到都江堰，首先要拜访的，是二王庙（李冰父子）前那些历代为都江堰建设做出过突出贡献的文臣武将们的雕像，然后进入二王庙祭拜李冰父子。过了二王庙，就是被联合国命名为“世界文化遗产”的都江堰、无坝引水水利工程的“宝瓶口”。

公元前二五六年，秦蜀郡守李冰，在次子李二郎的协助下，率民众凿玉垒山二十米宽、八十米长，将上游岷江水一分为二,一条流入内江，灌溉成都平原，一条分洪流入长江。那时没有铁凿、炸药，李冰巧用物理学原理，先用木柴堆在山下，将山石烤红，再用冷水激石变酥脱落。计划三十年竣工，结果只用了八年，建成了“中国水利工程无坝引水技术奇迹，也是世界水利工程璀璨明珠”的都江堰。都江堰的建成，不仅免除了洪水季节岷江给成都大平原造成的水患之灾，据《史记》记载，也“使成都平原水旱从人，不知饥馑，时无荒年，天下谓之‘天府’也”。

老子说“上善若水”，孔子说“智者乐水”。李冰可谓智善之人。现在，都江堰水利工程灌溉面积已覆盖四川省三十六个县（市、区）的一千多万亩良田，同时向十几个城市提供工业和生活用水，成为成都平原和川东北数千万人的生命之源。李冰，也因此成了不仅仅是成都人心目中的上帝。每年清明节，二王庙的庙会、都江堰提闸放水等活动，都是为了祭祀这位智善之人的。

下午五点多，我们返回到成都。

在从成都出发去九寨沟前，阿旺就跟我们说成都有三多，一是街上的人多车多，二是茶馆多，三是小吃多。不过我看还有一多，那就是树上的“胡子”多。沿街两边的树，从主干向上，大的分枝上都向下滴流着被人工剪过的，离地面有一米高，跟女人留的“二道毛子”似的长“胡子”，这倒也不失为一道很美的风景。我问从都江堰跟我们回成都的导游，“这树怎么都长胡子？”她朝我望望，又笑了笑说，“你真有趣，我还是第一次听人这么说。这是榕树，生命力很强，那些‘胡子’要是由着它们长到地面，每一根就是一棵小树。”

坐在车里看得出，成都街上的人和车确实很多，但茶馆和小吃并不多见。导游说，“为了环保，政府把茶馆和小吃都按区划相对集中经营了。你们都是远方来的客人，泡成都的茶馆可是要注意的哦，千万别闹出笑话来。我们这儿的茶馆有三泡三饮。这三泡是‘泡姑娘、泡媳妇、泡婆婆’，如果服务员问你是‘泡姑娘、泡媳妇还是泡婆婆’，你可千万不要误以为是叫你泡女人，这‘姑娘、媳妇、婆婆’分别代表‘春茶、夏茶和秋茶’。这茶泡好后还有三饮，服务员把茶送到你面前，你别看那茶杯子比酒盅子大不了多少，你要是一口喝了下去，她会说你是牛饮，两口喝下去，她说你是驴饮，三口以外喝下，那才叫品茶。”

我暗自好笑，这几天下来，发现这些川藏的女人还真的别有一番风情，她们说话做事，就像她们的高山草原一样旷达而又风风烈烈的。唯独这茶道，倒有一点像江南的雨巷中撑着油纸伞走来的女人似的，带着轻盈的温柔。这些川藏的女人们，兼具了男人的粗犷和女人的柔情，独有一种野性之美。

九月六日

如果说去九寨沟、黄龙是纵情山水，那么去乐山、峨眉，就是拜佛许愿了。

乐山有“东方佛都”之称，不说它藏有三千多尊佛雕的佛馆，就现有的那尊已有一千二百多年历史，目前世界第一的那尊大佛，乐山就是一个名副其实的“东方佛都”了。

从成都到乐山也就是半个小时的路，下了高速公路，也许是驾驶员为了走近道，乐山的城市环境给我的印象并不美好。倒是接近乐山景区的时候，环境卫生状况好了一些。几百里的岷江，流到都江堰再流到乐山脚下，清清的溪流，已变成黑乎乎的浊水了。

到乐山就是为了看大佛、许愿，还有听导游讲那些你不信也得信的关于大佛的故事。有愿就许愿，不过许愿是要花钱的，你要先请一炷香在佛前点上，然后你再许愿，那才能心诚则灵，也才能心想事成——佛也食人间烟火吗？

乐山的女导游是一个虔诚的佛教信徒，这从她说到佛时的那份虔诚的表情和她胸前佩带的佛的饰品上能看得出来。在我们刚进景区大门时她就告诫我们，“见到大佛，不要有对佛不敬的语言，更不要有对佛不敬的行为。乐山大佛是很灵的，大家也都不在乎那几十块钱，请一炷香许个愿吧，佛会保佑你心想事成的。”听说那一炷香最少也要五十元，看几十个人没什么动静，导游看了看那个四十多岁的女人说，“大姐你年轻时一定很美，现在还能看得出来。知道‘今日美貌为何来？上辈佛前献花人’哦。”她在变着法儿催那个女人去敬佛。

看得出，请香的多是女人和一些像老板、土财主们似的男人。

听说来乐山看（拜）大佛的人，黄金季节每天有上十万人，正常每天也在万人以上。每个人不包括其他开支，光门票就七十元，这大佛真的成了乐山人的财神爷了。导游说，“这些香火钱也有一些是取之于民用之于民的，不然，景点上那么多的修缮费用哪里来呢。”

乐山大佛确实够大的，高七十一米，光头高就是十四点七米。一只耳朵洞里能钻进两个人，两只脚背上能围坐百人以上。大佛开凿于唐玄宗开元初年（公元七一三年）。因岷江、大渡河、青衣江三江汇于此，水流直冲凌云山。洪水季节，不是水患灾民，就是过往船只因水势太猛触壁船毁人亡。当时凌云寺（乐山）名僧海通法师见此甚为不安，于是决心通过修造大佛，一来开山石坠江减缓水势，二是借佛力镇水保民。经二十年募集，海通筹到一笔巨款。当时的地方官听说海通筹到一笔巨款便来索贿，海通说，“目可自剜，佛财难得。”遂自剜其目放于盘内甩掷贪官。海通死后，在继任节度使韦皋和朝廷的共同努力下，历时九十年，大佛才告完工。

要看大佛的全貌，必须从八十米高的山顶，顺着只能走下一个人的山路游梯到大佛的脚下，才能看清大佛高大伟岸的坐姿。游客确实如云而至，就这八十米高，从左边到右边，人贴着人地向前挤，没有一个小时以上，你是过不去这八十米高的山道的。

看过大佛以后，导游把我们带到庙台下的一个小茶馆，说要给我们讲大佛曾“闭上过一次眼睛，流过一次泪，放过一次光的故事”。不过小茶馆也不是白坐的，每人要泡上至少十元一杯的茶。导游也算老实，她说那十元里有她两元的好处费。三十多个游客，只有几个人泡了茶。包括我在内，其余的人也都看似心安理得地坐在那里听她讲大佛的故事。她说，“二十世纪的一九六二年，大佛曾闭上了眼睛。”她怕大家不信，从包里抽出一张用塑料薄膜封起来后也已被揉皱了的照片。那照片上，大佛真的是闭上了眼睛。她说：“大家知道为什么吗？”有的游客说，“那时正好是三年自然灾害。”“是的，”她接着说，“听老人们讲，那几年这江面上，经常能看到一些从上游漂过来的被饿死了的老人和孩子们的尸体，大佛不忍心看下去，就闭上了眼睛”。“大佛流泪是在二十世纪一九七六年，这一年大家都知道的，在那一年里，毛主席、周总理、朱总司令等老一辈革命家相继去世了，更惨痛的是唐山大地震，死了那么多人。”她怕我们不信，又把大佛流泪的照片拿给我们看。接着她又讲二〇〇五年大佛头上放光的事，这我们都是知道的，当时的报纸电视上都做了报导。

从乐山下来已是下午五点左右，我们要赶到峨眉山去住。一路上，有的游客仍在为这大佛“闭眼、流泪、放光”的事想不通。其实，这世上有些事你无须去琢磨，有的事看似不可能，结果能了；看似可能，结果又不能了，这就是神秘。

神的秘密，岂是凡夫俗子们能想得通的！

九月七日

早上从峨眉山市区出发，不到二十分钟就进入峨眉山景区了。

峨眉山是中国佛教四大名山之一，在一百一十五平方公里的山区，藏有古刹三十余处，真可谓是一年四季漫山遍野晨钟暮鼓、香烟缭绕、佛音不绝于耳了。在众多的寺庙中，唯“万年寺”名声大、香火盛。来峨眉山，也主要就是去看“万年寺”。

“万年寺”是峨眉山八大名寺之一，始建于东晋，原名“普贤寺”，后多次更名。宋朝时叫“白水普贤寺”。明万历二十七年（公元一五九九年）失火烧毁，朝廷赐金于二十九年（一六〇一年）修复。修复之年正逢神宗朱诩钧母亲“慈圣皇太后”七十大寿，为给母亲祝寿，神宗改“白水普贤寺”为“圣寿万年寺”。

传说这“万年寺”还有一个有趣的故事。神宗朱诩钧母亲“慈圣皇太后”年轻时是穆宗皇帝载垕最宠爱的一个妃子，穆宗想立她为后，可她接连生了两个女儿，后听说“万年寺”道法很灵，就到“万年寺”来求子半年。回去后果然怀孕生下了朱诩钧，所以，神宗赐“白水普贤寺”为“圣寿万年寺”也许与这个典故有关。

从景点停车场到“万年寺”有六公里山路，为了节省体力，我们坐索道上去。从市区到景区停车场是多云天气，到了“万年寺”却是哗哗的大雨了。这就是峨眉山，不然就没有“一日有四季，十里不同天”的说法了。“万年寺”果然名不虚传，庙门前的香客人山人海，想买一炷香都很困难。我对这些人声鼎沸的地方是很不习惯的，加之山上的气温又比山下低得多，进寺院后，漫不经心地随便看了看，就找了个挡风避雨的地方，在那儿等朋友们出来一起去别的景点。

从“万年寺”出来，第一个景点是“清音阁”。“清音阁”也是峨眉山三十多个大小寺庙中的八大名寺之一。它始建于唐僖宗四年（八七七年），与“万年寺”不同的是，此阁选址十分险要，若从空中看，它建在“黑龙江”和“白龙江”之间的山梁上。站在阁前看，它的右边是一条小溪，左边是一个不大，但很陡峭的峡谷。特别是阁后和左右两边的山上，那一片如瀑布飞流而下、色如翡翠的杉林，将此阁衬托得凌空高耸、气势非凡、威严无比。

过了“清音阁”往上再走两里路，就是猴山。听说山上的猴子特别多，而且不怕人，有些游客的东西常被它们抢去，能吃的吃，不能吃就扔掉，有的游客还被它们咬伤过。我本来就不喜欢那些上蹿下跳的东西，这么一说，我就更不去了。一个人到“清音阁”旁边的茶馆里，在那儿品茶、品山、品诗。

茶是二十元一壶的好茶“竹叶青”，山是天下之名山“峨眉天下秀”，诗是李白“峨眉山月半轮秋，影入平羌江水流。夜发清溪向三峡，思君不见下渝州”的《峨眉山月歌》。品茶、看山、吟诗，这份闲情可真有点太奢侈。

茶馆是向南可以看“清音阁”，向东向北可观山、赏月，三面没有围墙的敞篷子。小姐将泡好的茶放在我面前后，又送来一瓶开水，那意思是“你自斟自饮吧”。“竹叶青”淡淡的清香，随着茶碗里的热气向上袅袅地飘去。漫山苍翠的树上，找不到一只会叫的鸟儿。茶馆下几十米深的峡谷里，只能看到溪水撞击石头溅起的浪花，却听不到一丝儿的水声。“清音阁”离这儿也就几十米，你只能看到那儿潮水一样来来往往的人流，你听不到一点儿声音。也许是我累了，也许是我还见识不广，但不论是它的清静，还是它周围的秀色，以及它建阁选址取势，“清音阁”，都是我走过的名山胜景中，最让我满意的一个地方。

半个小时后，仲华、赵军他们回来了，我二十元一壶的“竹叶青”虽然茶色未尽，余香犹存，但我也不得不离开那静无尘嚣的“清音阁”了。

不知是谁说的，“天下名山多为僧人所占”。僧人是佛文化的传播者，也是芸芸众生精神的寄托和依赖者。如果没有僧庙，不知天下芸芸众生中，会有多少善男信女空虚而痛苦地活着。

（原载2020年《宿豫文艺》夏之卷）

水墨西湖

坐在西湖晃晃悠悠的小木船上，我仿佛看到了当年那些在西湖上行走的既能事，又能诗的刺史、太守们，在为政之余，茶饭之后，走进的不是酒吧、桑拿，而是书架和纸墨砚瓦。于是，西湖因他们而有了丰厚的文化底蕴，因他们而有了今日世界旅游文化名胜之地的美誉，也因他们才有了今天人文历史的厚重和聚敛人气、财富的磁力。

——作者

一

我知道西湖，早先是从唐诗宋词，后来又看了鲁迅先生的《论雷峰塔的倒掉》。现在知道得多些了，是从各种媒体上。然而，不久前却有幸亲临了一次西湖，目睹了西湖那真山真水之秀美。

世人皆美西湖，而我倒是觉得：不论是从媒体的画面上看，还是就我目睹西湖那秀丽的山水而言，就其表面，西湖确实是美的。不过，在我看来，那美美得寡淡，美得没有内涵，美得没有质感。而西湖的真正之美，我认为，是美在历史上，那些在西湖的任上既能事，又能诗的刺史、太守们，在任期间给西湖留下的那些美文、佳话和那些丰厚的人文精神。没有他们，西湖于我来说，只能是一处适宜人居、可供人们茶余饭后去消闲解闷、聊天娱乐、谈情说爱的休闲之地。因为有了那些美文、人文佳话和丰厚的人文历史，西湖才有了美的内涵，才有了美的生命，才有了可读的历史，才有了“人间始觉重西湖”的赞叹。

陈毅元帅曾说过：“杭州太守例能诗。”例能诗是因西湖而诗。杭州是沾了西湖的光，这有白居易在杭州任刺史届满离开杭州时“未能抛得杭州去，一片勾留在此湖”的诗为证。一句话，没有那些为西湖而歌的唐诗宋词，没有那些环西湖而作的神话故事，没有那些至今在中国文坛上仍光芒四射的先贤们为设计、雕塑西湖之美而做的工程，和他们留在西湖上的那些人文佳话，也就没有西湖这个由无生命之美的自然景观，变成了有生命之美的西湖，也就没有今天光耀世界的旅游、文化、风景、名胜之地的西湖。

西湖是杭州对外的窗口，西湖丰厚的历史人文精神，是杭州聚敛人气、财富的强磁场。我的一位宿迁朋友曾说过：西湖如果不是在杭州，是在宿迁，天下还有“上有天堂，下有苏杭”之说吗？他的意思可能是：如果西湖在宿迁，那么，宿迁就是今天的人间天堂了？这是否有点太片面了。我倒是以为，任何一处美丽的自然景观，就像是一个很有吸引力的靓丽的女人。然而，那美如果没有丰厚的文化做底蕴，那美是苍白的、是轻浮的、是浅薄的，也是没有生命力的。所以，西湖之美、杭州之富，三分在其自然环境，七分则在于西湖几千年的历史上，那些例能诗的为官者，在为政期间，为民请命、兴利除弊、造福西湖之时，留在西湖上的那些至今还光彩夺目的人文精神，文化底蕴所铸就的。

2004 年 6 月的一个上午，我随几位同事顺道来到西湖，在“柳浪闻莺”的后面，上了一条能坐 6 人、人工划桨的小木船。那天的西湖上空是阴沉沉的，淡淡的雾，幔一样挂在四周。我们以为来得不巧，于这幔一样的雾中何以识得“淡妆浓抹总相宜”的西子之美。船工说，一年 365 天，西湖有 300 天是这样的。不过这雾说散也就散了。

船工边划桨，边给我们讲西湖的故事。我说不用。他可能是看出了我们担心他会要导游费，就说，这是公司规定的义务。于是，我们便在那幔一样的雾中，坐在那晃晃悠悠的小木船上，听着船工那一会儿唐宋、一会儿明清，既没有次序，也没头没尾的故事，沿着白居易、范仲淹、苏东坡、岳飞、文天祥、林则徐、章太炎等先贤们留在西湖上的脚印，一边品味着他们留在西湖上的那些佳话，一边寻着他们的足迹而去。

二

我们游西湖的那天上午，因急急地想赶路，又遇着个阴阴的雾天，实在是不怎么开心的。好在小木船划到“三潭印月”时，西面的“苏堤”、南边的“雷峰塔”也渐渐地清晰了。当小木船靠近湖心亭的时候，我见那游客如织的人群中，有一五岁左右的小女孩，她母亲的一只手领着她，她的另一只小手却在指画着湖中的这些小木船。这使我忽然想起了我女儿五岁上幼儿园时背诵给我的第一首唐诗：

离离原上草，一岁一枯荣。
野火烧不尽，春风吹又生。
远芳侵古道，晴翠接荒城。
又送王孙去，萋萋满别情。

我问她诗是谁写的，她不假思索地说：白居易。

白居易到西湖杭州任刺史是为了避难，我认为。

公元 822 年，时在朝中做中书舍人的白居易，主动向穆宗帝请求外放，并很快得到穆宗的恩准。使他没想到的是，这次把他放到了杭州任刺史。

请求外放的原因是，安史之乱后，唐朝旧的藩镇割据还没有平息，新的藩镇割据却愈演愈烈，而穆宗帝也不是一个有主见、有魄力的主儿。朝中宦官文臣武将争权夺利，外藩割据的战乱东面未平西边又起。朝廷四处派兵征伐，只见送粮送钱，损兵折将，却不见功绩。造成这种局面，白居易上奏认为（据《资治通鉴》）："盖由节太众，其心不齐，莫肯率先，递相顾望。又，朝廷赏罚，近日不行，未立功者或已拜官，已败衄者不得罪。即无惩劝，以至迁延。若不改张，必无所望。"善言良策，累上不省。

鉴丁过去因上奏论事得罪了权贵和朝廷而被贬江州的教训，这次他主动请求外放，一来避朋党倾轧之祸，二来也落得个眼不见心不烦，干脆"退身江海应无有，忧国朝廷自有贤。且向钱塘湖上去，冷吟闲醉二三年"。这既是无奈，又何尝不是独善其身的良策。寻一个地方最高长官当当，在某种程度上，也能实现"达则兼济天下"的意愿。

这一招，他比他的后任范仲淹、苏东坡明智得多。

白居易来到杭州，就把他的文章做在了西湖上。于是，一个有抱负的知识分子与一方美丽山水的结合，演绎出一段令人动容的千古佳话；一份出众的才华与美丽景色的碰撞，酝酿出万古流芳的精美华章。

现存有史可考，白居易留在西湖上的政绩大致如下：首先是水利建设。不论是在古代还是当今，一个地方的经济发展和老百姓生活关系最密切的就是水利建设。筑湖堤，是白居易留在西湖上的首要政绩。白居易来到杭州时，西湖上原已有堤，但因年久失修，加上堤身较低，起不到旱时蓄水灌溉、涝时蓄水防洪的作用。经上奏朝廷批准，历时 3 个月，一条新的大堤建成了。新的拦湖大堤建成后，不仅解决了农田灌溉问题，还促进了杭州交通的发展和城市的繁荣、西湖环境的美化。不过，如今西湖上的那条"白堤"，据说并非当年白居易所建，但是，杭州人民为了纪念白居易，还是把西湖上的那条堤称为"白堤"。我想，这绝不是历史形成的误解，这是杭州人民用心为白居易筑起的一条情感之堤。其次是引西湖水进杭州城。唐德宗时，杭州刺史李泌在城内开凿六井，引西湖水而入，使居民有了淡水可用。到白居易任时，西湖与六井的水路已严重淤塞。白居易领工疏浚，使西湖水又进杭州城。再就是引西湖水入运河，使运河与杭州城相沟通，从而推进了杭州城市的发展。

在美化环境上。白居易十分注重对西湖环境的保护，谁破坏了西湖的环境，就要受到处罚。是穷人，就罚他在西湖边上栽树；是富人，就罚他到湖中去除葑草。葑草可不是好除的，要从湖中运到几十里外的湖堤上。

如果说，为民办实事是白居易留在西湖的佳绩，那么，他的人文品格，却是留在西湖上的灵魂。

他初到杭州适逢旱灾，而钱塘县令却不肯把西湖水放出去灌溉农田。说放了水会影响湖中鱼和菱藕的生长。白居易问："鱼和百姓，孰重孰轻？菱藕和稻米，哪个重要？如此猪脑，也配为官！"不过"如此猪脑"一说，我以为可能是后人杜撰。论白居易的人文修养，不可能对他的部下言出于此。这不妨听听他和凤林寺和尚圆修的一次对话。白居易向圆修请教佛法禅意，圆修说了八个字："诸恶莫作，众善奉行。"白居易说："这个道理小孩子也会讲。"圆修说："三岁孩儿虽说得，八十老翁行不得。"白居易听后深感钦佩。

再就是他留在西湖边上的那些佳话。灵隐寺是杭州地方官的必到之地，从前任刺史相里在灵隐山间建虚白亭开始，到他上任后，前五位已经建了五个亭子。他不想再建亭子了，他要发挥大文豪的特长，为他的前任所建的亭子作一亭记，一来可以咏灵隐景物之美，抒发胸臆；二来也可以做个纪念。于是，他就为前任刺史所建的冷泉亭作了一篇记文。

《冷泉亭记》写好后，又在亭子上题"冷泉"二字。于此，他给后人留下了一篇传颂千古、脍炙人口的《冷泉亭记》。两百年后，苏东坡来到杭州，在白居易题的"冷泉"后面加了个"亭"字，为灵隐和冷泉留下了一段佳话。随着岁月的流逝，唐朝五位刺史所建的亭子早已在历史的尘埃中湮没，只有“冷泉亭”屡经修建还留在西湖边。

随着环境的改变和对原物的不断修缮，现在，人们只有从白居易的《冷泉亭记》中遥想当时“冷泉亭”的风光了。

三年时间转眼即去，白居易除在西湖上留下了那些可圈可点的政绩外，最使人们难以忘怀的，是他留在西湖的那200首诗。在这些咏西湖的诗中，其中比较有名的是：

（一）

孤山寺北贾亭西，水面初平云脚低。
几处早莺争暖树，谁家新燕啄春泥。
乱花渐欲迷人眼，浅草才能没马蹄。
最爱湖东行不足，绿杨阴里白沙堤。

（二）

湖上春来似画图，乱峰围绕水平铺。
松排山面千重翠，月点波心一颗珠。
碧毯线头抽早稻，青罗裙带展新蒲。
未能抛得杭州去，一片勾留在此湖。

这些写尽西湖之美、写尽他对西湖的留恋和无法忘怀的美妙诗句，读后渗入人之灵魂，也对推介西湖起到了无法估量的宣传效应。这种富有永恒生命的宣传效果，我认为，可不是今天国家级媒体的新闻、广告之效应能与之相衡的。因此，西湖的山水因有了他的诗词而魅力四射，享誉中华，饮誉世界。

三

凡是入过学堂，读过中国古典诗词之人，没有不知道“水光潋滟晴方好，山色空蒙雨亦奇。欲把西湖比西子，淡妆浓抹总相宜。”这首苏东坡写西湖之美的诗。不说别人，就我读了这首诗以后，也梦想能有机会与西湖见上一面。可以说，没有这些唐诗宋词的千古绝唱，也许就没有西湖名扬世界的今天。西湖之美与为她而歌的那些先贤们，犹如蒙娜丽莎之美与达·芬奇。是那些先贤们用他们那惊世之笔，将西湖的形神之美推向了世界，推向了美的巅峰。

翻开西湖的历史，在历代于西湖为官的刺史、太守、知府中，应该说，只有苏东坡留在西湖上的人文佳话最多。可以说，西湖的山山水水、每一个景点几乎都与苏东坡有关。这些佳话之于西湖，加上他那旷世之才的名气，使西湖犹如藏在深谷的原子弹，被白居易、苏东坡的惊世之笔一点，爆射出的光辐，便将世世代代所有的目光，都聚焦在这里。

关于苏东坡留在西湖上的那些人文佳话，我觉得好像都在向人们诠释一个理念：苏东坡在为政期间，不论大事小事，都是在用他的才华、他的情感、他的人品去执政，去为民办事。

一副对联表民心。

走进西湖边上的灵隐寺大雄宝殿，迎面的红漆廊柱上有一副烫金的对联：

古迹重山湖，历数明贤，最难忘白傅留诗，苏公判案；

胜缘结香火，来游初地，莫虚负三秋桂子，十里荷花。

联中“白傅”说的是白居易，“苏公”就是苏东坡了。由此可见，白居易和苏东坡在杭州人民心目中的位置。不过也理应如此，在杭州的历史上，历代为官者中，能为西湖的形神之美起到奠基作用的，也只有他们俩了。

说到苏公判案，却是一段很有趣的佳话。有一次苏东坡在审理一桩寺院里的一个和尚杀妓女的案子，那个叫了然的和尚因迷上了一个叫秀奴的妓女，后来钱花尽了，秀奴就不跟他玩了。了然一次醉酒后，又去找秀奴，秀奴不从，了然就把她杀了。在审讯了然时，衙役看见他的手臂上刺了一副对联：

但愿同生极乐园，免如今世苦相思。

苏东坡在给他写判决书时，也文辞别致：

这个秃奴，修行忒煞，云山顶空持戒。只因迷恋玉楼人，鹑衣百结浑无奈。

毒手伤心，花容粉碎，色空心今安在。臂间刺道苦相思，这回还了相思债。

和尚被斩首后，这件事也就随着这首小调在民间传了下来。

一幅画铺就一条“东坡路”。

苏东坡在杭州经常便服外出，有一次，他便服出游西湖，见路边有一间草屋，门前的柳树下搭一茶棚子，棚下一方桌前坐着个孤身一人的老奶奶，桌上有一把茶壶，几只茶碗，便上前问道：“老人家，这茶可卖？”老奶奶抬头见是一位身着便服的书生，便道：“卖，也不卖。”“此话怎讲？”苏东坡问。老奶奶道：“若是行路的挑夫、老人或孩子，手头不便，不给钱也能喝。若是你这等斯文有身份之人，是要给钱的。”苏东坡见老人善面慈目，言语朴实，便点头连说好、好。接过茶来，饮后起身将一块碎银子递给老人。老人见是银子，又兑换不开，说：“相公若没零钱，就算我请你的了。”苏东坡过意不去，便道：“老人家，算我赊一次账吧，下次路过一定还。”

过了一个多月，他又路过茶棚时，才忽然想起上次欠的茶钱，虽身上没带零钱，还是到老奶奶跟前道了个歉，说下次一定还。老人见他对一碗茶如此认真，便心生敬意，又送上一碗茶。苏东坡很不过意，“我身上不带零钱是个不好的习惯，虽想改，有时还是会忘。不如这样，请你备些纸笔，下次我若再忘了带零钱，就给你画幅画，抵我欠的茶钱。”

时至炎夏，他又一次路过茶棚，伸手摸摸身上，无奈地摇摇头，急步走向茶棚。老人见他来了，笑笑说：“相公又忘带零钱了吧。”边说边递上一碗茶。苏东坡难为情地笑笑问：“老人家可备好纸笔？”“老身看出来你是个说话算数的君子，我这里早就给你备好了。”苏东坡接过纸笔，画了一幅泼墨山水，并题上“东坡居士”，交给了老奶奶，笑着说：“这画抵得上欠的茶钱吧？”老人也识得几个字，一见落款，才知眼前这位衣着便服之人，就是当今文才盖世的苏大学士，连忙躬身道：“老身有眼不识泰山，大人的字画是稀世墨宝，求都求不得，这真是老身前世修来的福啊！”

此事一传出，上至官绅、下至百姓听说苏东坡经常从此路过，身上不带零钱，就纷纷来这条小路边摆茶摊、开小酒店，以便求得他的墨宝。时间不长，这条无名的小路就成了一条商业街。

由此可知，文化之于人的感召力和渗透力，犹如生之于空气不可或缺。后来，苏东坡从杭州被贬海南后，人们为了纪念他，就把这条路改成了“东坡路”。

一条堤改善了西湖的环境，沟通了民情。

苏东坡到杭州任知州时，西湖已淤塞近半，他给朝廷上了一份《乞开停放西湖状》，力陈杭州之有西湖，如人之有眉目，盖不可废也。得到朝廷的批准后，他调动20万民工疏浚西湖。当时对于疏浚西湖有两个方案，一是主簿苏坚建议，将湖中的葑泥就近向四面岸边堆放；另一个是准备在湖中堆个小岛，也不失为一道景观。两种方案，各有利弊，一时无法拍板。一天，他和苏坚骑马沿湖考察，行至大佛头，想到对岸净慈寺看看，便将马寄存在湖边寺中，走到渡口喊船。连喊三声无人回应，也无船划过来。没想到，船没喊来，倒是喊来了一首渔歌：

北山女，南山男，隔岸相望诉情难。

天上鹊桥何时落，环湖要走三十三。

苏东坡一听，有了。就对苏坚说，如果用葑泥在湖中南北之间堆一条堤，一来可以节省向四岸运泥的人力、物力、财力和时间，二来又可为南北两岸人家往来提供方便。同时在堤上植树种柳，也不失为一道风景。

疏浚后的西湖，又重现了碧波荡漾、水光潋滟的美景。现在的“苏堤春晓”，已成了西湖十佳景点之一。

这个老故事，也正合船工给我们讲的新鲜事。说是现在一对陌生男女，若是从苏堤的一头走到另一头，人沿堤走，心随景变，走不到头，两人感情就有了。

我说，如果那是婚外情呢？

那他（她）们就对不起苏东坡了，船工说。

真正对不起苏东坡的，据传说还是杭州人。

苏东坡把他一生的精华留在了杭州，而杭州人却在无意之中，让他在杭州背着灾难被贬到海南去了。

这要从“东坡肉”说起。

传说苏东坡在任期间，因组织民工修堤筑坝、疏浚西湖，使西湖周边的农田旱涝保收，庄稼收成甚丰。心怀感激之情的老百姓，便抬猪送酒去给他拜年。苏东坡就将这些猪肉切成方块，烧得红酥喷香，再按参加西湖疏浚的民工花名册，每家一块分送给他们过年。由于他送的红烧肉鲜美可口，肥而不腻，很受百姓欢迎。精通商道的杭州大小菜馆，也就学着做这道菜。并挂出牌子，取名“东坡肉。”

“东坡肉”成名后，一天，朝中御史乔装改扮来杭州察访，见大小菜馆都有“东坡肉”，便将所有菜馆“东坡肉”的菜单搜回京城奏见皇帝，说苏东坡在杭州贪赃枉法，百姓恨之入骨，以至争食其肉。皇帝不问缘由，即降旨将苏东坡革职发配海南。

苏东坡离开杭州的那天，杭州城内万人空巷。空中虽淅淅沥沥地下着小雨，可市民们却没有一个打伞的。押解他的衙役见此情景，不怕获罪，主动给他打开了枷锁。而苏东坡却喜笑颜开，如同出访的国家元首，在向为他送行的人们不停地挥手致意。他这一去，直至宋徽宗即位后，在众多亲朋好友、朝中重臣的游说请求下、在皇太后的催促下，才得以大赦。返回的途中死于常州。

苏东坡死后，杭州人民为了纪念他，在西湖边建了“苏东坡祠”。现在的杭州城内，用他的名字命名的还有“东坡路”“东坡剧院”。“东坡肉”也被指定为杭州名菜。据说，用他的故事改编成的戏剧，现在还在杭州的剧院上演。1988 年，杭州人民在西湖的“苏堤”南面建成了占地 4.2 亩的“苏轼纪念馆”。馆内将其家谱、年表和生平事迹，两次在杭州为官的政绩，以及他为西湖而作的 400 多首诗词、字画（复印件），全部陈列馆内，并在馆内竖一尊高三米的花岗岩雕像供后人景仰。

这也许能对这位与西湖结下不解之缘、为西湖（杭州）今天的经济发展，奠定了无法估量之基础的千古奇才的在天之灵，也是一个安慰吧。

四

信桨闲摇的船工，在他讲的那些前朝不对后史的故事中，那感情好像他是个老西湖似的。不过，在我们有说有笑的诘问中，他还是露出了他是绍兴人，来西湖打工已有好多年了的马脚。虽如此，他还是把自己当作是老西湖，也把我们当作了老朋友似的。

闲谈慢聊之间，已没了上船时的那点儿顾忌。这样，我们之间就随便多了。

你们下次再来西湖，不要这么多人一起来，你们这样几个人坐一条船游西湖，实在是不合西湖情调的，他说。

那西湖的情调是什么样子的？我说。

西湖喜欢所有爱她的游客，但是，最喜欢的还是那些才子佳人的情调。

那才子佳人又是什么样子的呢？

才子佳人可不是那些又搂又抱的乡巴佬，他说。那些才子佳人是面对面而坐，船中间放一个茶几，沏上两杯龙井，他们轻声细语、眉目生情地说着西湖的故事。不热不冷的初夏，天上下着毛毛细雨，微微的凉风，一阵一阵的，吹着女子那柳丝儿似的秀发，先生不停地用手轻轻地帮她理着……，品茶，吟诗，对对联，这么着游西湖，那才跟西湖的美景般配呢。

望着他那一脸沉醉的样子，我们都觉得他既好笑又很可爱的。

有你这个‘电灯泡’挂在船上，再好的情调也给照没了，我说。

先生放心，我们这些摇船的，都是眼盲、耳盲、路不盲的，他说。

于是，我们的小木船，在桨声、笑声、浪花拍着船头的水声中，划过了湖心亭。

当我们的小船划到湖心亭东侧的时候，船工又给我们讲了一个新的佳话。

他说，朱镕基总理当政时，第一次来西湖，到湖心亭上时没见到几个游人，他虽没说什么，但随行的杭州官员却看出了总理是不高兴的。

我问，为什么？

船工说，咱们的总理是亲民的总理啊。看不到他的人民，你想他怎么会高兴呢？朱总理第二次到西湖再来到湖心亭的时候，亭上的游客根本不知道总理会这样平平淡淡地走近他们。当一位老游客看到他时，惊呆了半天才喊：‘朱总理，咱们的朱总理来喽！经他这一喊，亭上的所有游人都跑过来了。总理和大家有说有笑，每个游客都想和总理照个相。那天是上午，朱总理笑着说，每人合影一张，到天黑也照不完啊。想把我这老头子累垮啦啊。我建议咱们合个影怎么样？大家一拥而上，头两百个游客每个人脸上都笑得跟一朵花似的，把总理围在中间一起合了个影。

咱们的朱总理也给你们西湖留下了一个佳话，我说。

怎么能说是‘你们的西湖呢’？西湖是天下人的西湖，船工说。

我倒是被他着实地呛了一下子。便笑笑回了他一句，到底是喝西湖水长大的，说话都像这风吹的西湖水一样，有点文绉绉的。”

坐在小木船上，一边欣赏着西湖的美景，一边听船工讲述西湖的故事，也一边在想：一个城市，一处自然美景，她的发展潜力和她的生命之于她固有的文化底蕴，犹如肉体之于灵魂的质量。没有灵魂质量的肉体，只能算是一具吃喝拉撒的形骸；没有文化底蕴的城市或自然美景，也只能似一堆没有历史的瓦砾或死水残垣。有了文化底蕴，即便是砖头瓦片，也似文物珍宝，清山秀水也似美人佳朋。灵魂有了质量，即便是残疾，也是美的化身。犹如张海迪，犹如残奥会上的冠军们。

聪明的杭州人，总是在尊重、保护、完善西湖原有的文化环境中，不断挖掘、宣传那些曾经在西湖为官、人德文品俱佳的先贤们（我不想称他们为名人，因为今天，唱两首歌、主持两次电视节目、演一部电视剧就足以称为名人了。）留在西湖上的那些闪光的“脚印”。那些“脚印”，既是为西湖更美更亮放射光芒的底蕴，更是为今后的西湖市场经济凝聚人气、财富的强磁体。

晃晃悠悠的小木船，不紧不慢地把我们摇向彼岸。我又一次将手伸入水中，和小木船一起向前划去。淡淡的水凉，犹如今天听到看到的佳话、美景一样令人沉醉。却不知，我这只沾上西湖之水的粗手，可能带走一点那些先贤们留在西湖上的灵气。

西湖，是用诗、书、画陶冶成的西湖，谁能说她不值得一读呢？

（原载 2004 年 8 月 26 日《宿迁日报·副刊》C4 版）

后记　报道·评论

三十年坚持不懈终圆梦

作家范金华的散文人生

孙军贤

在欢庆中国共产党成立91周年之际，去年成为中国作家协会会员的宿豫区委农工办副主任范金华，近日又从中国散文学会传来喜讯，他创作发表在《新华日报》上的散文《孤山不孤》和全国许多著名作家作品一同入选《中国散文大系》旅游卷。该书堪称是当代散文界四库全书，是中国散文学会的一项重要文学工程。

小学作文受表彰

范金华1958年出生于宿迁县王官集公社仝李大队新集生产队。在他上小学时，就特别喜欢写作，特别喜欢阅读小人书。因此他的语文成绩一直比较优秀。

从四年级开始，每周五有一节作文课，有的同学害怕写作文，范金华却早早拿出铅笔和作文本，希望早点知道题目好动笔。

范金华永远不会忘记，小学四年级时他写的一篇作文，被校长张德仁看到后大加赞赏，不仅叫他在班上诵读，在那一年期末整个大队三所小学同年级作文诵读比赛时，该篇作文获得全大队第一名。也就是从那时起，范金华最初体会到了写文章的乐趣。

老校长为了表彰范金华作文写得好，用自己的工资特意到集上找到一家裁缝店，为他定做了一身棉衣棉裤。

在那个物资匮乏、生活困难的年代，就连吃饱饭也会是个难题，那一身棉衣棉裤肯定花不少钱。而当时范金华家里穷得几乎买不起一件新衣服。那身棉衣棉裤，范金华穿在身上，暖在心头。

至今，范金华还说："那不仅是我写作中获得的第一件珍贵的奖品，也是我今生终生难忘的一件珍贵的奖品。"

同学动员迷写作

范金华同村同龄也是同学的刘一社，大学毕业后分配到阜河高中做教师，没事时他们经常在一起聊天。

有一天，刘一社拿出一张《新华日报》，原来那上面刚发表了他的一首小诗。看着同学高兴的样子，范金华特别地羡慕，感觉他真了不起。

刘一社鼓励范金华也可以写作投稿，当范金华告知自己没有文学基础，信心不足时，刘一社鼓励他凡事贵在努力和坚持，同时表示会尽力帮助。

随后不久，刘一社就给范金华找来一些有关诗歌写作方面的书籍和《雪莱诗选》，让他看后抓紧归还。那是范金华第一次读到有关文学创作方面的书籍和文学作品，并偷偷地写起诗来。

正在范金华沉醉于读诗、写诗之时，他的班上来了一位高中刚毕业的女职工，她不仅爱好文学，也喜好绘画。当她知道范金华在偷偷地学写诗时，她送给了范金华《普希金诗选》《艾青诗选》，并告诉他是借来的，要按时归还。

不知哪来的劲儿，范金华竟然一边看一边抄，20多天时间，一本200多页的《普希金诗选》被他看完也工工整整抄写下来。

从那时开始，范金华真正地迷上了文学创作，写诗的念头也就越来越强烈。并同这个女职工一起研习写诗的技巧。这个女职工名叫刘艳，后来也就成了他的终身伴侣。

酷爱写作不言苦

有了文学爱好后，领到工资范金华当即跑到县城的新华书店，一口气买了《新选唐诗三百首》、《少年维特的烦恼》等中外文学书籍。

后来又陆续读了《红楼梦》等四大名著和其他一些文学作品。此外，他还千方百计向身边的同事、朋友借书阅读，不断充实、提高自己的文学水平。

随着阅读面越来越开阔，写作的冲动也一发不可收拾。业余时间，范金华不是读书，就是在“爬格子”。

他不会忘记，当拿到一本借来的好书，在昏暗的煤油灯下如痴如醉地阅读，不知不觉间几个小时就过去了。母亲前来催促他赶快睡觉时笑了，原来儿子鼻孔都被煤油灯熏黑了，他还浑然不知。

在炎热的夏天，为了避免蚊子骚扰，范金华躲在蚊帐里，大腿上放块小木板当桌面就开始写作，汗水滴落纸上就用毛巾擦一下。而在寒冷的冬季，由于长时间坐在桌前看书写作，他的手面被冻得红肿，似个馒头，脚上也有冻疮，但是那个时候他一点也不在乎，他唯一的念头就是希望自己的文章能够早日在报刊上变成“铅字”。而平时购买稿纸，一次就是几百张，信封、邮票也几十张地买。

作品发表成“名人”

“小范，报社来信了！”同事急匆匆找到范金华，手中挥动着信封为他高兴。范金华更是激动不已。当他在大家热盼的目光下打开信封时，不禁傻了眼：“噢，原来是退稿信啊！”看着摇头散去的同事，范金华面红耳赤，低头不语。

此后，他曾消沉过，也想放弃过，但不服输的范金华暗下决心，世上无难事，只要肯付出，就一定会有收获！他继续自己的写作之路，同时，向那些已经在报纸上发表的文章学习，查找自己的作品和它们的差距，并经常和刘一社一起交流切磋，使自己的写作水平有了很大提高。

范金华不会忘记，他的第一首小诗是1985年发表在《淮阴日报》上的《牧归》，虽然只有短短的12行，可在他看来，这比一个整版都重要。后来他又在《崛起》《文艺学习》等杂志陆续发表诗歌。

在那个崇尚文学的时代，能在报刊上发表作品，那可真是一件了不起的事情。无论在工厂还是在家乡，凡是认识他的人都说：“真的没想到他还会写诗。”因此在他当时生活的圈子里、大家公认范金华是一个“能写文章”的名人。

当时的《淮阴日报》副刊编辑言子清和《青春》杂志编辑，先后都给他回信说，根据他的文笔可以尝试写散文。范金华接受建议，便写起散文来。

随着写作水平的逐步提高和年龄的增长，特别是参加了几次省作家协会举办的读书班的学习，他越来越觉得，文学创作不是简单的写情写意，更重要的是要有社会担当。

三十年终圆作家梦

1985年底，在宿迁县文化馆举办的一次文学青年聚会上，他认识了文友申斯春，经过一段时间的相处和了解，范金华被介绍到来龙镇政府做宣传报道员。到来龙不足一个月的时间，范金华的散文《昨夜一阵春雨》在《淮阴日报》发表。一篇反映来龙风土人情的文章在报纸上刊登，引起大家注意。

1986年，通过考试，范金华成为来龙镇政府一名聘用干部。在做好本职工作的同时，他的业余时间全都交给了文学。

那些年，当一些人在扑克、麻将桌上交欢时，他却在台灯下专心阅读；当一些人在酒桌上推杯换盏后进入梦乡之际，他却在苦思冥想，奋笔疾书。

值得范金华感激的是——他有一个同他有共同爱好，始终理解他、支持他的妻子；在他把所有空闲时间基本上都用于看书写作，把所有家务都抛给他妻子承担时，他的妻子没有牢骚，更多的是默默地支持他。

正是因为范金华的不懈努力，他的作品先后获得国家和省、市、区级10多项大奖。

2011年他还被评选为“宿迁市百名文化人”。近年来先后出版了《笑看春风》《城市的夜色》《郎行千里》《范金华散文选》等多部散文集。

2011年，范金华加入中国作家协会，同年被选为宿迁市作家协会副主席、宿豫区作家协会主席。

（原载2012年7月12日《宿迁晚报》）

范金华撑开了《母亲的油纸伞》

周其伦

2019 年 4 月 26 日，由江苏省老年大学协会、凤凰网江苏频道、中国人寿保险江苏分公司主办的江苏省第三届“中国人寿”杯优秀文化老人颁奖仪式在南京举行，宿迁市散文作家范金华先生荣幸入选江苏省第三届十佳优秀文化老人。如果说这个荣誉对于范金华来说是一个流光溢彩的文化符号，那么，他随后发表在《北京文学》第六期上的散文新作《母亲的油纸伞》，就从一个广阔深远的人文层面，流淌出一种情怀传承的旷达和文学游走的自得。

今年 62 岁的范金华，是中国作家协会会员、中国民间文艺家学会会员，宿迁市散文学会会长，宿迁市作家协会副主席。他的文学跋涉同样丰富多彩。我最看重的，是他多年来倾注在散文创作上的热情。他出版的《笑看春风》《城市的夜色》《郎行千里》《范金华散文选》等多部散文集，在散文天地里展现出恣意飞翔的身影。据了解，他先后获中国报告文学学会征文二等奖，中国散文学会、江苏省作家协会第五届“漂母杯”全球华文散文优秀奖，人民网、新华网等全国十大知名网络“我的中国梦”联合征文优秀奖，中国散文学会、北京市作家协会“全国首届运河散文金帆奖”三等奖，宿迁市第二届金鼎文学艺术奖；散文入选安徽教育出版社出版的《中考热点作家美文精粹·山就这么高》，作品被《特别关注》《南国博览》等期刊转载。

范金华现任《宿豫文艺》主编，《骆马湖文学》报社长。他发表在《北京文学》上的《母亲的油纸伞》就颇有张力地表达出他独特的文学主张和丰富的原乡情怀，作品从一个很小的切入点进入主旨，以小见大的宣泄和温情知性的叙事层面，将散文的艺术质地融入人生的大思考中，值得品味。

《母亲的油纸伞》切口很小，小到我们见惯不惊，小到犹如庸常生活中某个平淡的日子；但是，作者巧妙地选择了一把可以串联历史风云、连接起家族情感的油纸伞，一下就使得文章的立意超拔高远起来。我阅读完这篇作品后，脑海里不时会闪现出许许多多过往的画面，母亲的眼神、生活的窘况、时代的印记、亲缘的传承等，尤其是作者儿时的心境以及惟妙惟肖的勾连，灵动地支撑起我们那一代人记忆中的精神高地；妙的是，作者看似不经意地联想到《毛主席去安源》画像上手里握着的那把油纸伞，恰似文化传承的广阔中，悠然间徐来的阵阵清风，高蹈的意趣和丰赡的内涵便呼之欲出。

我特别佩服的是，范金华那种叙述语言的温漫和信手拈来的思绪，我们常常会在一个他搭建的高妙处，感悟到文本的真谛。比如作者书写的许多生活细节，我们中间很多人可能都亲历过，对那种家庭结构和情感关联也并不陌生，可在笔下能够留有这些痕迹的作者却是不多。说到底，这也是我们在创作这类散文时，通常会遇见的一个难题，既要文章好看，又要有很强的带入感，还要让读者能够得到一些启发，这实在是我们的欣赏与表达中必需的一次跨越。如何突破散文写作的这个瓶颈，范金华用他的艺术实践给了我们比较圆润的答案，在我们进入到他文本的叙述语境后，立马可以在深与广的层面去打开解读纬度，有一种八面来风的畅快，使阅读变得特别有趣味。

在《母亲的油纸伞》中，作者用一把小小的油纸伞承载着岁月的沉重、母子间亲情的深切、家国情怀中浓得怎么也化不开的韵致。当然，我们在阅读中领略到的，不单纯是作品本身传达出来的有限意境，更有着人间妙不可言的万千春色。

（原载 2019 年 7 月 11 日《新华书目报》）

范金华散文印象

郭玉琴

在我邻近的城市里，有这么一位勤奋刻苦、敬畏文字、真诚笃定行走在写作路上的文友。他因为自幼酷爱上文学而痴迷执着至今，在文字里像农民踏实耕耘土地一样，一耕就是笃定行走了三十载春秋。苦心人，天不负，这句话应验在范金华老师身上，30年的努力终于让他走进了中国作协的队伍，文学的成果也终于挂满他生命的枝头，在他正值如秋的中年之季。

已经出版了《笑看春风》《城市的夜色》等三部散文集的范金华，我现在读到他的已经是2010年中国文联出版社出版的第四本散文选集《范金华散文选》了，从阅读的兴趣上说，范老师的文风并非我倾心的那一种，但是我长久以来已经习惯了阅读任何一种风格的文字，从评论者的角度，我也是向来主张不能以个人喜好而臆断的，要站在文学价值的角度而客观评价。就范金华老师的写作结构模式而言，是属于传统性的写作与先锋文学不沾边，他的一些语言风格很像师承朱自清的文风，清新自然，稳妥入心。这可从他的散文《一地梦境》《城市的夜色》等篇章里体现出来。

范金华老师的文章，大多是他在生活中俯拾而来的心灵琐屑感悟，而这些感悟里，种种影像又大多是在他匆忙的脚步里留下的。如果说人生是一场看不够的风景的话，那么范金华在风景里剪辑真善美、假丑恶的世间百态时，始终是流露着未能尽兴的遗憾的。这种遗憾在他的游记里表现得最明显，如《路过沧州》《逝去的秋水》《孤山不孤》等文。对于经常出差的他，走遍天涯海角，写游记几乎成了他的强项，然这是我的想象，他除了能写出信手拈来、融惯古今中外文化底蕴的厚重游记外，家长里短、市井人生也能写出一番人情况味来。无论是《老家的年味》《漫天飘雪的晚上》体现出来的人情世貌，民生沧桑变迁，还是《梦中的父亲》《母亲的菜园子》抒发出的亲情依依，都能叫人觉得读者和作者之间有了一场温暖的相遇。

黄金有价情义无价，范金华老师的文字流淌出的情感是溪水般清澈的，在我读《不思量，自难忘——在中山植物园的日子里》一文，深深地为他笔下所叙述的一段友情面对离别时而伤感落泪的场景感动。情到深处是无言，面对亲情友情，一个人的情感是容易坦然肆意地接受的，然而面对爱情，范金华老师“因为懂得，所以慈悲”，藏在心底几乎节制得叫人心疼，应了纳兰容若的那一句：“人生若只如初见”。《忘不掉的春天》写的是花瓣一样美好的女子与作者的一场邂逅，在一个偶然的机缘里。但是人生不是舞台，谁和谁也不是戏子的命运，能彩排出自己的人生，所以一些人一些爱一些莫名美好的情愫，注定是要像种子一样悄然回归到泥土中去的。

生于斯长于斯，宿迁是范金华的根，他对宿迁的风土人情，美食文化，着墨都是饱含深情的。一些《感受宿迁》《城市的小溪》《猫狗清蹲》文章反映出他在文学追求上，是以本土文化为主要方向的。而通过这些本土文化，我看到的是，他作为一个知识分子对当代乡土文化的遗失所产生的隐忧，体现的是他一个文人知识分子的良知和担当。比起纸醉金迷的人，他的情怀叫我肃然起敬。

（原载 2012 年 11 月 22 日连云港《苍梧晚报》，2012 年 9 月 24 日《宿迁晚报》，湖南作家网 (2015-01-15 17:19:54) 转载，辽宁省通辽文学网 2019-10-17 转载）

解析一把油纸伞为精神媒介的散文内核

——读范金华散文《母亲的油纸伞》印象

郭玉琴

《母亲的油纸伞》是宿迁作家范金华 2019 年在《北京文学·精彩阅读》上刊发的一篇写物散文，然而以物为线索，以“我”为主体叙述，却追忆出家族和历史紧密不可分割的一部分感人肺腑的记忆，读罢这一篇以一把油纸伞为媒介的散文我才深深体会到：好的散文必须有智慧的内核。

文本以临近春节，文化部门在“我”居住的小区与居委会联合搞了一个“迎新春油纸伞民族文化风情展”为起笔开头，交代出我对伞的关注原因，由此展开我对伞的记忆和印象。

伞只是寻常百姓出行的一个工具而已，但是由于它被赋予了文化和艺术的内涵，而让它在人们的心里变得梦幻浪漫又夺目耀眼。不管满大街有多少造型各异、五颜六色的伞，但是在作者的心目中，他强调了只有两把伞占据他的心灵位置最高。作者用娓娓叙述的方式，极其平缓的语言给我们讲述了一个生活中的真实故事，20 世纪 60 年代，家中有两把伞，一把伞是在家里的供桌后面挂着的一张画像上，另一把是母亲的嫁妆，私人物件。供桌后面的画像是一个高大的男子，身着长衫，目视远方。这个画像中的男子，在幼小的作者记忆里，曾经是一个谜，他很想知道画像上的人究竟是谁，然而目不识丁的母亲也无法告诉他答案，而是无奈的和他说了一句：“我也不知道，你大来家问他。”父亲在母亲的心里是天，她相信自己解答不了的问题，自己的丈夫一定可以。他是长年在外工作有见识的人，偶尔回来，孩子会怕他，所以孩子不敢问。一直到上小学，作者才知道那是毛主席去安源。

“上小学以后，才知道那是毛主席去安源。”围绕第一把伞的记忆，来历、印象，作者仅仅以此结束，再无赘言，可以说是惜墨如金的。作者写第一把伞的来历看似波澜不惊，但却深有意味。熟读历史的人都知道毛主席去安源这幅油画是江西省安源煤矿筹办“毛泽东思想照亮了安源工人运动”展览中的一幅画。这幅画是中央美术学院的学生刘春华执笔的，1967 年该画在中国革命博物馆首度展出，是极富有革命历史保留价值的一幅画。这幅画根据毛泽东到安源组织工人运动，并举行安源路矿大罢工为题材的油画，在“文革”期间这幅画具有和八个样板戏一样的地位。看过这幅画的人就会注意到，这幅画中的毛泽东身后的背景是乌云翻滚，沉降的地平线显得群山矮小，他身穿长衫，手拿油纸伞，另一只手握着拳头，意志坚定地走在山路上。为什么作家范金华说，这是他心目中最重要的一幅画之一呢？

我们可以先从解读这幅画来分析，画中的毛主席被安排在面朝观众正中的位置，他远远地，而且镇定自若地朝我们走来，像太阳一样带给人民希望，高昂的头微微侧转，以表达他的革命精神，不怕艰险和强暴，勇敢斗争并赢得胜利。紧握的拳头表达他的革命意志坚定，不怕牺牲，决心克服困难去解放中国和全人类，自信一定会胜利。手中的旧雨伞显示他刻苦工作，生活俭朴的作风，为革命长途跋涉，风雨兼程，迈着坚实的步伐走崎岖坎坷的路。秋风吹动着他的头发和长袍，预示着即将来临的革命风暴，背景上疾行的云彩，揭示毛泽东在斗争最尖锐的时刻抵达安源，和他平静坚定的自信形成鲜明的对比。作者强调毛泽东的这一把伞在自己心目中的地位，其实是用极其隐喻的方式表达了自己对革命伟人毛泽东在中国革命历史做出伟大贡献无人可比的肯定和敬仰，同时也间接表达了自己的家国情怀和不忘初心牢记使命责任感。而这些，也是一个有良知有操守有时代格局视野的文人必须具备的价值观和人生观、世界观。一把油纸伞折射出伟人的崇高品质光辉形象，也折射出作者的价值观和对历史不容忘记的警醒。习近平主席在党的十八大上提出社会主义核心价值观，倡导富强、民主、文明、和谐、自由、平等、公正、法治、爱国、敬业，范金华用一把油纸伞为题写了一个毛主席去安源的历史事件让我们在他的散点透视的笔触下找到了文艺传递正能量围绕主旋律的文学信仰，有益于世道人心。

散文是智慧的文体，缺乏识见，作家笔下的对象就成了木偶。这也正是作家笔下的一把油纸伞赋予一段伟大历史时代的特殊意义。紧接着作家笔锋一转，又提到母亲的红木箱子是陪嫁品，里面也有一把母亲最珍爱的油纸伞。如果说前面一把伞被作者赋予了历史高尚的情怀，那么这一把伞则是被作者赋予了一段亲情，在范金华的笔下，散文是小言，同时也是一种大言，他用诗一样美的语言叙述，温情脉脉，让我同样看到不具备思想之穿透力，绝对是不能呈现中国式的智慧的，也不能与传统为文之道实现对接。

作者先采用对比的手法，将母亲的那把伞与毛主席的那把伞对照来写。“母亲的那把伞，看样子没有毛主席的那把伞大，母亲的伞很小巧，是红色的。”通过伞的外形颜色对比，我们可以想象这把伞的样子一定是精致的，是私人物件，有一种小儿女的闺阁情趣在里面，是女子专用的。接着作者说母亲虽然拥有这把伞，却晴天雨天从来不舍得用，但是在夏天母亲会经常拿出来晒，这里母亲对伞的珍爱之情跃然纸上。作者写母亲对伞的珍爱之情，很仔细，很有力度，从细节入手，以一个例子做证，母亲在晒伞的时候，用湿布擦伞上的霉点，小心翼翼地，生怕把伞擦坏了。擦好后，一会儿放在堂屋门东旁，一会儿放在堂屋门西旁，像是怕被风刮跑了，又像是怕被人偷了。

作者的这一段细节描写突出母亲爱伞珍惜伞的方式已经教人费解了，目的是引起读者的好奇心，让读者很想知道为什么这一把伞这么值得母亲爱，同时也会让读者在下文理解母亲失去伞之后为什么会这么痛苦？常言道爱之切才懂失去之痛，作者懂了母亲爱伞的原因并了解母亲爱伞的程度，才能深深理解母亲对伞的感情，从而找到母子感情共通的渠道。

紧接着，作者写了一件事，那是作者在上小学三年级发生的事情。“那天树梢是静止的，天上的云彩是静止的，就连一天到晚忙碌刨食的鸡，也张着嘴趴在树荫下喘气。这一切外景的描写，是为了写母亲和他在突然而来的变故面前生活和情绪也是静止的，波澜不惊的。”但是越是波澜不惊的生活，越是难以承受突如其来的横祸。有一个陌生的男人闯进家门，带着左邻右舍的几个人，站在作者家的门前，一个作者平时叫他大爷（叔）的人说，“嫂子，把你家的那把伞拿出来看看”。母亲没有犹豫，以为都是邻居，就把伞拿出来给大伙瞧瞧，结果他们看了看这把伞，却将这把伞没收带走了。理由是那把伞上画有一对龙凤和牡丹花。在特殊荒唐的历史年代，必然会发生诸如此类的荒唐事。仅仅因为一把伞上有龙凤图案和牡丹花，一个朴实善良的农村妇女就被定位为思想有异端，满脑子封建思想流毒，需要清洗思想。

龙应台说，你可以不了解政治，但是政治不会不关心你。在“文革”那个特殊混乱的历史时期，混乱的政治环境必然搅乱每一个人的生活，让人的思想意识产生混乱，惊慌失措。而这，正是个体的悲哀，一个时代的命运必然牵扯到每一个个体的命运归宿。作者先写母亲对这一把私人物件伞的珍爱，接着写失去伞之后的痛苦，因为母亲的伞被那个陌生的男人扯得稀巴烂，受到刺激的母亲晕倒了，从此茶饭不思。小时候的我不明白，不就是一把伞吗？为了一把伞母亲有必要气得一病不起吗？母亲病后，四处求医，但是心病还要心药医，母亲的病后来不是靠吃中药调好的，而是作者的父亲给母亲讲了一个故事开导她，让她终于开通了，想明白生活中还有比一把伞还重要的丈夫和儿女需要她照顾。母亲好了以后，作者带着疑问问了母亲，那把伞真的很值钱吗？于是母亲在这个问题面前引出一段故事来。母亲的油纸伞并不值钱，其实也不过是一把普通的伞，但是这把伞却倾注了一个父亲对一个女儿的祝福和爱，亲情依依，才是母亲最难舍的，也是这一把伞赋予母亲生命的意义。母亲的这一把伞是一个慈祥的父亲挑了两笆斗小麦，跑了二十多里路到县城卖了换来的钱给女儿买的一把伞。为了帮女儿买伞，父亲还把腿跌断，卧床半年。

那么父亲为什么要送女儿一把伞呢？作者在文章的末尾第二段写道：伞作为陪嫁，是客家人的风俗。既然客居他地，就得时刻准备迁徙，所以要有伞来遮风挡雨。因此客家有女出嫁，必有伞，以示身处客地，不忘父母，经得起风雨。作者说姥爷是走南闯北的见过世面的人，虽然他知道苏北人嫁女是没有陪伞这一风俗的，但是他在自己的女儿出嫁的时候，还是准备了一把伞送给女儿。这也暗示了姥爷对母亲当年的一片爱女心切之情，感人肺腑。伞作为陪嫁品，还是吉祥如意的象征，伞张开是个满满的圆，寓意有情人终成眷属，婚姻美满。伞的繁体字写法，由五个人组成，一个大人下面四个小人，也是寄予多子多福，人丁兴旺的意思。正是因为伞有那么多美好的象征意义，所以母亲才珍爱那把寄托了自己父亲浓浓爱意和祝福的伞，伞被毁，是一个女儿对父亲一片美好心意的失去，这样理解，当然就能体会母亲为什么痛不欲生一病不起了。

作者以自己随着年龄的增长，和对伞的关注，以及对伞有了进一步的认知结尾。这一结尾与全文是相呼应的，以伞文化开篇，以对伞的认知结束，通篇都在写伞，伞是题眼，也是记忆线索。伞是文章的总体架构，也是文章的细枝末节，娓娓道来，如叙家常，往事如烟，一把伞席卷了历史政治风雨，也覆盖了国和家不可分割，伞在文本里是有时间的，而这个时间被作者的记忆打上了深深的沧桑烙印。伞在文本里也是有创伤的，而这个创伤是母亲的，也是“文革”那段历史整个群体集体的创伤。作者以个体的悲哀反映集体的悲哀，以时间的沧桑反映共和国成长革命道路的沧桑，大气磅礴隐匿在波澜不惊中，让读者细细体会慢慢咀嚼到有国才有家，一个人仅仅有小家庭的家庭意识是不够的，还应该具有关注社会、关心历史、关注传统文化的能力和意识、情怀和操守。《母亲的油纸伞》看起来只是一篇普通的记叙兼写物、抒情为一体的小散文，实际上它已经浓缩了大散文的精神内核。毛主席去安源的那把油纸伞和母亲的嫁妆里的一把小的油纸伞，通过对比写出来，我们看到作者一直把丰富的精神内核贯穿在文本里，而他这样做的效果，我认为必然是可以让读者内心起到生机盎然的触动的，诚如《重庆商报》资深编辑周其伦在微博上对这篇散文的点评，周其伦认为作者的高处在于他进入叙述语境后，在深广面撑开了解读纬度。

（原载 2019 年 7 月刊《连云港文学》总第 338 期，2019 年第 2 期《湖海》杂志夏季卷）

范金华文学创作简历

范金华，一九八五年三月十四日在《淮海报·洪泽湖》副刊（现《淮安日报》）发表第一篇（首）文学作品诗歌《牧归》。至今已在《北京文学》《中国文化报》《新华日报》《清明》《散文百家》《雨花》《江苏散文》《安徽文学》《扬子晚报》《太湖》等报刊发表散文作品近百万字。

出版作品

1. 二〇〇二年八月，作家出版社出版第一部散文集《笑看春风》。

2. 二〇〇五年十一月，作家出版社出版第二部散文集《城市的夜色》。

3. 二〇〇八年十一月，作家出版社出版第三部散文集《郎行千里》。

4. 二〇一〇年十二月，中国文联出版社出版《范金华散文选》。

5. 二〇一六年八月，江苏人民出版社出版与张用来合著的宿迁抗日纪实题材长篇小说《日落峰山》。该书列入宿迁市委、市政府【宿发（2016）9号】“核心价值引领工程·2016年全国文明城市创建100项重点项目”。

获奖情况

1. 一九八六年十二月三十日发表在《淮阴日报》上的诗歌《那一声畅笑》获《淮阴日报》与汤沟酒厂联合举办的“汤沟文艺奖”二等奖。颁奖单位：《淮阴日报》社。

2. 二〇〇一年十一月，报告文学《人生，在奉献中增值》，获“共和国的脊梁”全国报告文学征文二等奖。颁奖单位：中国报告文学学会。

3. 二〇〇六年六月，散文集《城市的夜色》获宿豫区首届政府文学艺术奖第一名。颁奖单位：宿豫区人民政府。

4. 二〇〇六年十二月，散文《父亲的梦话》获“我的中国梦”网络征文大赛“优秀奖”。颁奖单位：人民网、新华网、中国网等。

5. 二〇〇九年四月，散文集《郎行千里》获宿豫区第二届政府文学艺术奖第一名。颁奖单位：宿豫区人民政府。

6. 二〇一一年十二月，被授予“2011 宿迁百名文化人”称号。颁奖单位：宿迁市文化广电新闻出版局。

7. 二〇一二年十二月，散文《今昔马陵河》获征文一等奖。颁奖单位：宿迁市文学艺术界联合会、宿迁市环境保护局。

8. 二〇一三年五月，散文《母亲的菜园子》获第五届“漂母杯”全球华文母爱主题散文大赛“优秀奖”。颁奖单位：中国散文学会、江苏省作家协会。

9. 二〇一六年十月，散文《风情运河湾》获“首届运河金帆奖”三等奖。颁奖单位：中国散文学会、北京作家协会。

10. 二〇一八年三月，纪实宿迁抗日题材长篇小说《日落峰山》获宿迁市第二届“金鼎文学艺术奖”。颁奖单位：中共宿迁市委宣传部。

11. 二〇一九年二月，获江苏省第三届“中国人寿杯”十佳优秀文化老人称号。颁奖单位：江苏省老年大学协会、凤凰网江苏频道。

12. 二〇二〇年十一月，获第九届“长江杯”江苏文学评论奖三等奖。颁奖单位：江苏省作家协会。

加入组织

1. 二○○一年十一月，加入江苏省作家协会。

2. 二○一一年六月，加入中国作家协会。

3. 二○一二年五月，当选宿豫区作家协会主席。

4. 二○一二年九月，当选宿迁市作家协会副主席。

5. 二○一六年六月，加入江苏省民间文艺家协会。

6. 二○一六年十二月，加入中国民间文艺家协会。

7. 二○一七年三月，再次当选宿迁市作家协会副主席。

8. 二○一七年四月，当选首任宿迁市散文学会会长。

创办文学期刊

1. 二○一四年七月创办文学双月刊《宿豫文艺》，任主编。至二○二○年十二月出刊总第三十七期。

2. 二○一七年八月创办《骆马湖文学》月报（四开八版彩色），任主编。至二○二○年十二月出刊总第三十九期。